규방　탐정록

나의 아버지께

규방탐정록

유 영 소

르네상스

포쇄반전 曝曬反轉

고운 소리에 이끌려 꿈속 꿈으로 그대 왔으니

부디 깨지 않게 시간이 멈추기를 바라네

장마 지나고 끓던 해도 보송해졌다.

"어제는 한 군데도 안 물리고 자나 했지요. 그런데 일어나 보니 종아리가 두어 군데나 빨개져 있지 뭡니까? 그래도 한여름엔 멜 것도 아니지요. 덥다고 중간에 깨는 일은 없으니까요. 오늘 새벽은 어지간히 선선하던 걸요, 아기씨."

분이 말대로 모기 입도 제법 비뚤어져 간다. 간밤 달던 잠을 떠올리며 설이는 고개를 끄덕였다. 사창을 건너온 바람도 가뿐하다. 낼모레 칠석물이 남은 더위를 좀 부셔 내면 어정칠월도 이러구러 지나갈 참이다.

"아기씨! 엄마가 이따 점심으로 메밀 밀어서 냉면 해 드린 댔어요. 빙고에서 어찌 얼음을 좀 가져왔나 봐요. 그러고 보니 냉면은 우리 안방마님이 진짜 좋아하셨……."

재재거리던 분이가 말끄트머리를 삼켰다. 혹여 설이가 마음이 상하지는 않을까 조심스러운 눈치였다. 돌아가신 지 벌써 3년이 다 되어 가는 안방마님을 분이도 설이 못지않게 따랐다.

"오랜만이네, 냉면! 벌써 배고파지려고 하는걸."

원래는 한겨울에 먹는 냉면을 분이네는 여름 별미로 상에 올렸다. 아주 가끔 얼음을 구했을 때나 누리는 호사였다. 그런 날이면 늘 여름을 심하게 타던 안방마님도 그릇을 다 비우곤 했다.

분이는 환해진 얼굴로 또 재잘거렸다.

"아기씨, 돌이 이야기를 들으니 칠석 지나 영감마님 서책들을 포쇄한다면서요? 그때 우리 서책들도 들어내실 거죠?"

"맑은 날 골라 그래야지. 아버님 서책은 관아에서 좀 도와줄 게야. 장마도 길었으니 습기며 냄새며 탈탈 털어 내야지."

분이가 목소리를 확 낮추어 물었다.

"다락에 넣어 둔 서책들은 어떻게 할까요? 은밀히 잘 말려 볼까요?"

설이가 수틀에서 손을 떼며 고개를 저었다.

"아니, 그것들은 그냥 두는 것이 좋겠어."

설이와 눈을 맞춘 분이가 고개를 크게 끄덕였다. 다락에 넣어 두었다지만, 사실은 다락에 숨겨 둔 서책들은 둘만의 비밀이었다. 아무에게도 들켜서는 아니 되는 생각 묶음들. 은근히 불어나는 그 비밀 덕에 설이는 이달에도 책함 하나를 새로 들였다.

"그런데요, 아기씨! 돌이가 그러는데 사내들은 산에 올라가서 바지를 홀랑 내리고 그걸 말린다지 뭐예요. 거기에 바람도 쐬고 햇볕도 쬔다고요. 내 참, 정말 숭하지 뭡니까요. 그런데 그거보다 더 숭한 얘기가 있더라니까요. 곱단이라고 여기 관노 중에 우리 또래가 하나 있는데, 그 아이는 사내들보다 먼저 산에 올라 다 훔쳐볼 거라고 했다는 거예요. 저한테도 같이 갈 거면 이참에 붙으라면서, 삼월이한테 물어보라 했다지 뭐예요. 아이고, 숭해라!"

분이 목소리는 숭하다는 말이 무색하게 신이 난 아이 모양 달떠 있다. 설이가 피식 웃으며 꼬집었다.

"왜 너도 같이 다녀오지 그래? 가고 싶어 똑 죽겠는 모양인걸."

"아이, 무슨 말씀을! 아기씨 정말 너무하세요."

분이는 저리 눈을 흘길 때가 제일 귀엽다. 그런 분이를 훔쳐보며 혼자 흐뭇해하던 돌이가 떠올라 설이는 또 웃음이 났다.

돌이와 분이, 그리고 설이는 한동갑으로 벌써 16년을 한집에서 살았다. 그러니 이심전심 마음이 흐를 때가 많다. 원체 몸이 약했던 어머니 덕에 설이는 아주 갓난쟁이 때부터 분이 엄마와 돌이 엄마의 젖을 번갈아 빨았다. 젖어미와 그 어미를 내준 아가들에게 자연스레 큰딸이자 큰누이처럼 의지가 되도록 설이를 북돋운 것은 유난히 정이 도탑던 안방마님이었다. 작년 설이의 아버지 윤희수가 능평 현령으로 좌천되자 분이네와 돌이네는 일찌감치 짐을 꾸렸다. 감사도 아닌 현령 더구나 적관*

* 벼슬아치가 잘못을 저질러 좌

^{천됨}하는 마당에 어찌 가솔들을 붙여 갈까 싶었으나, 설이만 두고 갈 영감마님은 아니라는 짐작은 과연 옳았다.

"알았다, 알았어! 분이 너는 진짜로 산에 가고 싶지 않은 게로구나. 내 그리 믿으마. 나는 그저 네가 나만 뚝 떼어 놓고 혼자서 좋은 구경하고 올까 봐 그랬지."

설이 말에 분이는 끅끅거리며 웃다 마침내 사레가 들었다. 사과 향 짙어만 가는 능평의 7월, 땅에 누운 그림자들이 점점 짧아져 갔다.

"아가씨! 채운 도련님이 친구분과 함께 오셨습니다요."

돌이 말에 분이가 아래윗방을 나누는 장지문에 모시 발을 내린 후 방문을 열었다.

뒷짐을 지고 시원하게 웃는 채운 곁으로 긴장한 듯 얼굴이 상기된 단우가 큼지막한 보자기를 들고 섰다. 한눈에 봐도 닮은 데가 없는 두 친구다. 그런데도 외려 단짝으로 여겨지는 것은 분이만의 생각이 아니었다. 두 도령을 안내한 돌이도 아까부터 속말 중이었다.

'뚱뚱이와 홀쭉이까진 아니어도 좀……. 그런데도 묘하게 어울린단 말이지!'

어깨가 떡 벌어진 채운은 키가 크고 살집이 좋았다. 까무잡잡한 얼굴에 후련한 웃음이 영락없는 사내다. 주름이 겹으로 잡힌 눈꺼풀 덕에 우락부락한 인상은 덜해도 콧등에 살짝 얽힌 흉터가 도도록하니 눈에 먼저 꽂힌다. 대식가다운 두툼한 입매 탓에 살짝 비대한 듯도 싶으나 강단 있는 호남이란 편이 더 맞겠다. 그에 비하면 파리한 단우는 첫눈에도 궁도령. 외까풀 눈이 적당히 길고 오뚝한 콧대 밑으로 얄쌍한 입술이 예민하면서도 어쩐지 앳된 느낌이다. 여릿여릿한 뼈대며 뽀얀 피부며 곱상한 얼굴 덕에 채운보다 훨씬 작지 싶은데, 저리 나란히 서고 보니 엇비슷했다.

분이가 서두르자 채운이 앞서 방으로 들었다.

"오라버니, 그간 강녕하셨습니까? 더위에 어찌 지내시는지 궁금했습니다. 이모님이랑 이숙님도 뵙고 싶고요. 더위가 한풀 더 꺾이면 찾아뵙겠습니다."

설이의 말에 채운이 웃으며 답했다.

"나는 잘 지냈다. 안 그래도 단우와 함께 관아에 먼저 들러 이숙님께 인사드리고 나오는 길이다. 공무가 많아 심신이 지치기도 할 텐데 여전하시더구나. 오늘은 내 친구 단우가 네게 줄 것이 있다 하여 들렀다. 지난번 도와준 일에 이렇게라도 답례를 하고 싶다고 하여……. 실은 이숙님께 그냥 전해 드리려 했는데, 네가 심심할 거라면서 별채로 직접 가 보라 이르시더구나."

채운이 말을 떼자 단우가 보자기를 밀었다.

"별것은 아니지만 받아 주시면 감사하겠소."

분이가 모시 발 뒤편으로 보자기를 가져가 끌렀다. 색 고운 문항라 무늬를 넣은 여름 옷감 한 필, 시전지 시나 편지 따위를 쓰는 종이 여러 장, 수가 놓인 붓집에는 장액필 노루 겨드랑이 털로 만든 붓이 두 자루나 들었다.

"이리 귀한 것을! 넘치는 선물이라 송구합니다. 괜찮으시다면 소녀는 그저 붓집만 모셔 갔으면 합니다."

설이 말에 채운이 단우를 돌아본다. 어찌하겠느냐 묻는 것이다.

"정 그리하면 시전지까지만 받아 주시는 게 어떻겠소? 관포지교를 나눌 친구들을 억지로 떼어 놓을 만큼 도량이 좁진 않으실 터이니……."

어눌하게 말을 맺지 못하는 단우를 보고 채운이 우스개를 했다.

"도량까지 운운하며 선물을 바치신다? 예끼, 이 사람아! 어디 나한테 한 번 그렇게 해 보게. 나도 친구에게 선물 받은 종이며 붓으로 공부하여 장원급제 한번 해 보세."

채운 덕에 한바탕 웃고 나니 훨씬 덜 어색하다. 내친김에 채운이 정해 버렸다.

"설아, 이 친구가 궁리하여 딴에는 네게 도움이 되는 선물을 준비한 모양이니 너무 거절하지 말아라. 단우 말대로 시전지까지는 받아 두는 것이 어떠하냐? 소식 보낼 일이 있을 때마다 써도 좋고, 연모의 마음이라도 전할 일이 생긴다면 더욱 좋고. 허허허!"

"오라버니 말대로 하겠습니다. 고맙습니다, 단우 오라버니!"

싹싹한 설이의 대답에 단우도 고개를 끄덕였다.

"마침 점심으로 냉면을 먹을 참이었답니다. 오라버니들도 함께 드시고 가셔요."

설이 말이 끝나기도 전에 분이가 바깥으로 나섰다. 부엌에 들러 냉면을 더 내어 달라 전할 참이었다. 그런데 외아 쪽에서 들리는 소리가 심상치 않다. 통곡 소리가 틀림없는데, 어찌나 목청이 큰지 여러 명인가 싶기도 하다. 궁금한 마음에 내외담 너머를 흘끔거리며 지나는 분이를 돌이가 붙잡았다.

"어디 가?"

"아유, 깜짝이야! 너는 기척 좀 하고 다녀라."

"기척은 무슨, 네가 지금 뒷간에서 똥이라도 누냐? 훤한 대낮 사방천지 뚫린 마당에서 웬 기척! 그보다 넌 사람이 오가는 것도 모르고 얼이 다 빠져서는 입까지 그리 벌리고 대체 어디를 가는 건데?"

분이는 한참 눈을 흘기다 대답했다.

"누가 이리 우는 건데? 울음소리가 하도 크니 무슨 일인가 궁금해 그렇지."

돌이가 한쪽 눈을 찡긋하며 말했다.

"하여간 궁금한 것도 많아. 그런 거면 진즉 이 오라버니한테 물었어야지. 아까부터 웬 할망구 하나가 와서 저리 울고 있어. 머리며 저고리며 다 풀어헤치고 말이야. 내 보기엔 딱 노망인 듯해. 뭐라더라, 책들이 아들을 잡아먹었다나 뭐라나. 종이 벌렌지 주름 괴물인지 아무튼 어떤 놈이 아들을 데려갔다면서 도통 알아먹을 수도 없는 말을 지껄이는 중이야. 아들을 찾아 달라고 저렇게 생떼야. 아들이 없으니 자기도 딱 굶어 죽게 생겼다면서……."

분이가 치마를 탈탈 털며 돌아섰다. 돌이 이야기가 끝나기도 전이었다. 딱 들어 봐도 정신 헷갈리는 노친네 이야기다. 쓸데없는 소동에 괜한 시간을 쓴 것 같아, 분이는 입술을 삐죽이며 부엌으로 뛰었다.

가마솥에선 벌써 면이 끓고 있었다. 거품을 바글바글 밀어내는 면에서 구수한 냄새가 올라왔다. 허연 김을 몰아내고 야무지게 끌어 올린 면을 찬물에 찰바당찰바당 헹궈 내는 찬모의 손이 재다. 기울지도 모자라지도 않게 탱글탱글한 면을 방짜에 누이고, 나박김치 국물을 보탠 색 고운 육수를 얌전히 붓는다. 얇게 편을 낸 돼지고기와 채를 썬 무까지 고명을 올리는 동안 찬모는 말 한 마디 없다. 호박과 버섯을 따끈히 지져 낸 전 옆으로 종지에 담긴 간장까지 정갈히 상을 만들어 별채로 들인다. 분이는 설이의 상을 들었고, 도령들이 겸상할 상은 돌이가 들고 따랐다.

"이상하다는 할머니 이제 갔어? 우는 소리가 안 들리네."

분이가 건성으로 묻는 말에 돌이가 코웃음을 치며 대답했다.

"말도 마라. 그 할망구 미친 게 맞더라니까. 죽었다는 아들이 멀쩡히 살아 있더라고. 방금 관아로 나와서 할머니를 데려갔어. 야, 노망이 나니까 자기 아들도 못 알아보더라. 자기 아들이 아니라고 막 우겨."

"그래서?"

"뭘 그래서야! 예방 나리가 딱 알아보던걸. 그 할머니 아들이랑 안면이 있다고 하더라고. 그런데 그 할머니 종이 벌레 괴물이니 어쩌니 해대더니, 진짜 괴물은 그 할머니 아들이더라."

"그게 무슨 말이야?"

"그 아들이란 사람 몸이 온통 우글우글한 화상 흉터라지 뭐야. 그래서 밖에는 통 안 나오고 방 안에서 책만 끼고 산다는 거야. 그런데 자기 엄마가 관아에서 미친 짓을 한다는 바람에 겨우겨우 끌려 나온 거지. 안 그래도 무슨 헝겊 같은 걸 한쪽 얼굴에 친친 감고 왔더라. 햇볕이 거북한지 눈도 제대로 못 뜨는 것 같던걸."

간만의 담소로 시장했던 설이는 냉면을 참 맛나게 먹었다. 채운과 단우도 입맛을 다시며 비워 낸 그릇들을 내려다보았다. 눈치 빠른 분이가 얼른 다과를 내왔다.

"설아, 근래에는 무슨 책을 읽느냐? 재미있는 것이 있으면 오라비에게도 일러 다오."

"요사이는 아버님 포를 짓느라 거의 책을 읽지 못하였습니다. 한여름 더위를 바느질로 난다 핑계를 대고 전에 읽던 아정_{조선 후기 실학자 이덕무의 호}의 책만 두어 장 들춰 본 것이 전부랍니다."

사촌 오누이의 정담에 단우가 조심스레 끼어들었다.

"아정이라면 역시 그……"

"하하, 그렇네. 바로 그 아정일세. 설이도 우리와 같은 박학신사_{博學愼思} 파일세. 두루 읽어 알되 신중히 생각하여 제 것으로 삼자는 주의지."

채운이 웃으며 일러 주자 설이가 보탰다.

"겉멋으로 두른 말입니다. 실은 권해지는 책보다 그렇지 않은 책이 더욱 당겨서요."

가만 생각하던 단우가 뾰로통하게 말했다.

"형암 선생의 책은 겉멋으로 읽을 책은 아니지요."

느닷없이 진지해진 친구를 두고 채운이 거듭 호탕한 웃음을 쏟았다.

"하하하! 이 친구 이렇게 나올 줄 알았다니까. 우리는 지금 농을 하는 중일세. 아정의 책을 읽는 조선 젊은이들 중에 과연 누가 그 책을 가벼이 읽겠는가?"

갑자기 머쓱해진 침묵을 설이가 걷어 냈다.

"채운 오라버니! 아정의 책 이야기에 떠오릅니다만, 전에 말씀하셨던 두어자들은 어찌 되었나요? 두어자들이 진실로 향기로운 글자들만 갉아 먹었습니까?"

채운이 손을 홰홰 저으며 목소리를 높였다.

"아정의 책 속에 든 두어자는 주인을 닮아 그런지 몰라도, 내 책 속에 든 좀벌레들은 사리분별도 못 하는 천둥벌거숭이지 뭐냐! 올 장마 때 든 놈이 틀림없는데, 이놈이 또 어디선가 친구들을 죄 끌어오는 모양이야. 책장이며 책궤며 책마다 죄 들어내 한 번씩 털어 주기는 했는데, 그 흔적은 여전하다네. 그래서 이번 포쇄를 단단히 벼르고 있지."

단우가 일렀다.

"종이 벌레에는 삼나무나 편백이 좋지. 포쇄한 이후 책함에 조그만 조각들을 함께 넣어 두도록 하게."

세 사람의 말이 잠시 끊긴 동안, 분이가 혼잣말처럼 중얼거리다 물었다.

"종이 벌레? 좀? 아기씨! 종이 벌레가 좀벌레를 이르는 것입니까? 옷이나 종이를 쏠아 먹는 좀이요? 그럼 종이 벌레 괴물이란 것도 있습니까?"

대답 않고 눈만 주는 설이에게 분이가 다시 일렀다.

"실은 아까 점심상을 들이기 전에 외아 쪽에서 소동이 있었답니다."

분이의 이야기를 전해 듣던 채운이 급히 물었다.

"화상 환자라고? 그 청년의 이름이 무엇이라더냐?"

"쉰네는 거기까진 모릅니다요. 다만 예방이 그 아들을 알아봐 주어 소동이 끝났다는 이야기만 돌이한테 전해 들었습니다."

조용하던 단우가 채운에게 눈짓을 하며 물었다.

"자네도 지경이를 떠올린 게지?"

채운이 고개를 끄덕였다.

"오라버니들이 아시는 분입니까?"

설이 물음에 채운이 아니라 단우가 대답했다.

"관아에 왔던 자가 우리 동무인 줄은 모르겠으나, 아무튼 동문 수학한 이들 중에 지경이란 친구가 있었다오. 우리보다 두 살이 많았지만 천자문부터 함께 배운 탓에 막역히 지냈는데, 어느 해 겨울인가 화로에 엎어지면서 그만 심한 화상을 입게 되었소. 그 이후로는 그저 책 속에 묻혀 세상과 단절한 채 산다 들었다오."

채운이 쓸쓸히 말을 이었다.

"그 친구 실은 다른 친구를 구해 주려다 그리된 거란다. 자네도 알지? 다 같이 한창 소란을 피우던 중에 화로로 넘어가는 친구를 붙들어 주다 도리어 자기가 중심을 잃었지. 사방으로 불이 번지면서 모두들 바깥으로 도망부터 치는 바람에 그 친구를 구하는 일이 더욱 더뎌졌잖나. 그 끔찍한 장면을 차마 못 잊을 줄 알았는데 까맣게 잊고 있었네."

설이가 일렀다.

"오라버니, 오늘 같은 날 옛 친구를 찾아 한번 살펴보심이 어떨까요?"

연신 고개를 끄덕이던 채운이 단우와 함께 일어섰다. 말이 나온 김에 오래는 되었으나 가깝지는 못했던 벗을 찾아가 볼 심산이었다.

二.

아직도 미련이 남은 해가 쉬 고개를 넘지 못할 무렵, 누군가 관아로 급히 뛰어들었다. 피 묻은 도포 자락이 미친 듯 너풀대는데, 그 빠르기가 나는 듯했다. 하도 불길한 기색에 문지기 포졸들도 넋을 놓고 그저 구경하듯 서 있었다.

"사, 사람이 죽었소. 아무래도 살인인 듯하오."

질청_{관에서 벼슬아치가 일을 보던 곳}에서 달려 나온 형방이 무어라 묻기도 전에 현령이 대청으로 나왔다.

"너는 채운이 아니냐? 대체 그게 무슨 말이냐?"

"오늘 관아에 와서 소란을 피웠다는 권지경의 어미가 살해된 듯합니다."

"뭐라? 네가 직접 시신을 보았느냐?"

"예, 그 아들 권지경은 제 오래된 친구라 오늘 그를 찾아갔다 보게 되었습니다. 방문을 열었더니 옆으로 고꾸라진 노모의 목에 핏자국이 선명했습니다. 숨이 끊어졌는지 확인하러 들어가 보았는데 움직임이 전혀 없더이다. 옆에는 식도까지 떨어져 있었고요."

"하면 그 아들은 어떠한가?"

"저, 그것이, 아직 그 아들을 만나지 못했습니다. 집에 없었기에 지경이마저 사고가 난 것은 아닐까 염려하는 중입니다."

내질 치조기을 살피는 현령 윤희수의 눈에는 조금도 흔들림이 없었다.

"시신을 확인하며 현장을 손상한 일은 없느냐?"

"예, 무엇보다 조심하였습니다. 안 그래도 현장이 흐트러질까 단우가 지키고 있습니다."

"알았다. 너는 관차들을 사건 현장까지 인도하고 조사에 응하도록 하라. 필요한 일이 있다면 관아로 다시 부를 수도 있을 것이다."

채운이 답하기도 전에 현령은 형방에게 일렀다. 즉시 검험관을 부르고 관차들을 꾸려 현장으로 가라는 서슬 퍼런 지시였다. 현령 역시 급히 따라 나설 요량이었다.

채운은 서둘러 관아를 뛰쳐나갔다. 관차보다 앞서 가 지경이를 만나야 한다는 마음에 자꾸 가슴이 뛰었다

벌써 어둑한 저녁, 사립 안에서 서성이던 단우가 채운을 보고 뛰어 나왔다.

"나졸들이 오고 있네. 사또께서 직접 나와 검험하실 모양이야.

지경이는 아직도 집에 오지 않았는가?"

대답은 않고 채운의 팔뚝을 잡아 마당으로 이끈 단우의 얼굴이 희한했다. 채운이 무슨 일인지 물으려는데, 수상한 소리가 들려왔다. 웃는 소리 같기도 하고 우는 소리 같기도 하고, 신음하는 소리 같기도 하고 감탄하는 소리 같기도 하다. 스윽스윽 인두질하는 소리 같기도 하고 찌그덕찌그덕 물레 돌아가는 소리 같기도 하다. 참말 수상한 소리, 기분 나쁜 소리가 사랑방에서 흘러나왔다.

두 눈이 둥그레진 채운이 다시 단우에게 물었다.

"지경이가 있는 겐가?"

제 말이 끝나기도 전에 채운이 사랑방 문을 벌컥 열었다. 사람 두어 명이 앉을 자리를 제하고는 온통 책으로 가득한 방이었다. 방바닥에서 천정까지 쌓인 책이 병풍을 이루고, 그 옆으로 대강 쌓아 둔 상자들도 책궤가 틀림없었다. 펼쳐 둔 책이 수북한 더미는 겨우 책상인 줄 알아볼 정도였다. 그러나 지경은 없었다. 아무도 없었다. 사람 하나 없는 방에서 이 희한한 소리는 대체 뭐란 말인가? 정신이 아득할 정도로 많은 책이며 불쾌하게 풍겨 오는 노린내에 채운은 숨을 몰아쉬며 방문을 닫았다.

그제야 단우가 입을 뗐다.

"저 소리가 아까부터 들렸다네. 나도 처음엔 지경인 줄 알고 방문을 열었다가 깜짝 놀랐지 뭔가. 그런데 방문을 열었을 땐 아니 들리는 소리가 방문만 닫아 두면 저리 끊이질 않네. 도대체 이게 무슨 일인가?"

채운이 뭐라 대답도 못 하는 사이 관차들이 들이닥쳤다.

형방이 채운과 단우에게 사건 현장을 목격한 사실을 묻는 동안, 안채로 든 검험관은 화원을 시켜 시신의 그림부터 그리게 했다. 이런저런 대답은 정확하였으나, 아들의 행방만큼은 대답하기가 어려웠다. 알 길이 없으니 더욱 답답한 마음이었다. 꼼꼼하게 답을 기록하던 형방이 예를 갖추더니, 채운과 단우에게 집 밖으로 나가 줄 것을 요구했다. 둘이 집을 나서자마자 사립에 금줄이 둘렸다. 참말 희한한 일이었다. 그 과정 중에 어느 한 사람도 사랑에서 들리는 소리를 수상히 여기지 않았다. 채운과 단우의 귀에는 또렷한 이 소리가 마치 그들에게는 아주 예사롭거나 아니면 아예 들리지 않는 듯했다.

하나둘 모여들기 시작한 구경꾼들이 집 앞에 떼를 이루었다. 밖으로 나오는 채운과 단우를 흘긋거리던 사람들이 수군거렸다.

"아이고, 이게 뭔 일이래! 이 집 여자가 참말로 칼에 찔려 죽었단 말이야?"

"돈, 돈, 돈, 하면서 꼴사납게 굴긴 했어도 안방에서 칼침을 맞아 죽을 만큼 원수진 사람이 있는 줄은 몰랐네."

"이 집 아들은 뭐래? 잘 나다니지도 못하면서 지 에미 초상을 어찌 치른대? 친척들은 좀 있나?"

"그 아들이 지금 행방불명이라네. 벌써 며칠이나 되었다는걸.

이 집 여자가 놀러 다니기 좀 좋아했어? 이번에도 한동안 나돌다 와서야 아들이 없어진 걸 알았대."

죽은 여자와 없어진 아들을 두고 이웃들은 열을 올리며 수다하게 떠들어 댔다. 누군가 낮에 관아에 가서 난리를 친 여자를 아들이 집으로 데려왔다고 일러 주자, 밖으로 나오는 일이 드물던 아들이 저 혼자 어찌 관아까지 갔느냐며 가납사니 _{쓸데없이 지껄이기 좋아하는 수다스러운 사람} 하나가 목소리를 높였다. 무엇보다 그 아들이 지금은 어째서 행방불명인지 수상하다는 것이었다. 가계를 책임진 아들의 사정을 일러 주는 이도 있었다. 아들에게 있는 화상 흉터가 능평 만석꾼 유 진사네 아들을 구하려다 생긴 것이라, 그간 이 집 살림을 유 진사가 다 맡아 주었다는 것이다. 그러다 누군가 낮은 목소리로 혹시 이 집 아들이 그 어미를 죽이고 도망친 것은 아니냐고 묻자 침묵이 흘렀다. 그런 패륜이 어디 있느냐며 노인네 하나가 가래 끓는 소리를 내자, 좀 뜸을 들이다 나직한 목소리 하나가 일렀다.

"이 집 여자가 말이야, 술만 마시면 다 큰 아들을 그야말로 쥐 잡듯이 잡더라고. 그렇게 독한 말을 하는데도 그 아들은 또 대꾸 한마디를 안 하더구먼."

놀라는 사람들과 혀를 차는 사람들 사이에 미묘한 공기가 감돌았다. 딱히 뭐라 꼬집을 수 없는 야릇하고 의심스러운 공기였다. 갑작스러운 침묵에 화가 솟는 채운의 팔을 단우가 잡아당겼다. 그러지 않았다면 채운은 그 자리에서 버럭 소리라도 질렀을 것이었다. 단우는 채운을 잡아끌어 무리를 빠져나왔다. 채운을 끌어간다지만 단우가 오히려 채운에게 끌려가다시피 걸었다. 속에서 나는 열불이 발바닥까지 뻗친 채운의 걸음을 쫓기 버거운 까닭이었다. 결국 채운은 마을을 벗어나자마자 걸음을 멈추고 버럭 소리를 질렀다. 다혈질인 채운치고는 용케 참은 것이었다.

"단우야, 지경이는 그런 친구가 아니잖아!"

단우가 아무 말이 없자 채운의 목소리는 한결 뾰족해졌다.

"자네는 지금 지경이를 의심이라도 하는 겐가? 아주 신이 나서 구경 나온 그 사람들처럼?"

가타부타 입을 뗄 만도 한데, 단우는 여전히 말이 없었다. 머릿속에서 엔간한 그림이 그려질 때까지 입을 닫는 저 버릇. 애써 화를 참고 돌아서는 채운의 뒤를 그저 말없이 쫓던 단우는 집 근처에 다다라서야 채운을 불러 세웠다.

"지경이가 범인이 아니라면 진범이 따로 있지 않겠나? 우리가 그 범인을 찾아보도록 하세. 하여 지금 실종된 지경이에게 자당을 살해한 사람이 누구인지 밝혀 주세. 날이 밝는 대로 궁리를 모아 자네 집으로 가겠네. 기다리게나."

채운은 그제야 조금 누그러진 얼굴로 단우를 보냈다. 한참을 헛기침만 하다 대문을 미는데 어쩐지 기운이 확 사그라진 듯했다.

벌써 달이 기울고 있었다.

三.

다음날, 단우는 아침 댓바람부터 채운을 찾았다.

"지경과 우리는 코흘리개 적 친구가 아닌가. 어찌 보면 우리는 지경이 덕에 큰 화재 사고를 피할 수 있었네. 그런데도 무심히 잊고 지냈던 지경을 위해서라도 우리는 이 사건의 진실을 꼭 알아내야 하네!"

채운은 맥이 풀렸다. 그간 어째서 한 번도 지경이를 찾아볼 생각을 못 했을까. 서당을 졸업한 친구들이 향교나 서원으로 공부를 나설 때 지경은 제 방으로 숨어 책 속에 묻혔다. 채운이 좋은 선생과 친구들에 둘러싸여 배우던 《대학》과 《논어》를 지경도 읽었을 것이다. 그 어둡고 작은 방에서 홀로. 소과에 합격하면 꼭 성균관에 들어 한양 기생과 놀아 볼 거라고, 초시만 붙어도 능평 기방에서 거하게 턱을 내겠다고, 그럼 우선 거벽 과거 시험 답안을 대신 작성해 주던 사람부터 알아보자고, 친구들끼리 농을 나누는 동안 지경이는 그 작은 방에서 혼자 무슨 생각을 하였을까?

새 도포를 찾아 입던 채운이 자꾸 헛손질을 하자 단우가 큰소리를 냈다.

"자책은 지경이를 찾은 후에 하는 것이 어떠한가? 우리 모두 지경이를 잊었던 잘못이 있으나, 지금은 그에 매일 때가 아닌 것 같으이!"

고개를 끄덕이던 채운이 도포 끈을 꼭 잡아당겼다.

"우선은 영재부터 찾아가세!"

"그래, 아무려면 동네 사람들보다는 영재가 자세하고 믿을 만한 이야기를 해 주겠지."

과연 능평 만석꾼 집안답게 영재네는 솟을대문부터 그 위엄이 대단했다. 한양에서 모셔 온 선생에게 따로 글공부를 하는 영재 역시 친구들과 소원한 지 오래였다. 대문 앞에서 한참을 기다린 후 만난 영재는 어색하기 그지없는 얼굴로 친구들을 맞았다. 오래간만에 만난 친구들이란 핑계를 댄다 해도, 그 어색함이 어색할 정도로 영재는 한참을 혼자 떠들어 댔다. 그러다 지경의 이름이 나오자 표정이 흐려졌다. 잠시 사이를 두던 영재는 고개를 흔들며 말을 더듬었다.

"나도 지, 지경이를 못 본 지 좀 오, 오래되어서……."

결국 채운이 벌컥 화를 쏟았다.

"자네는 지경이 일이 아무렇지도 않은가? 한 어미가 살해되고, 그 아들이 실종되었네. 얼굴도 못 본 사람의 형편이 그렇다 해도 발을 벗고 도와야 할 참에, 그 아들이 우리 친구란 말일세. 더구나 그 친구가 누군가? 지경이는 자네를 화로에서 구하려다 대신……."

"제발 그만하게! 그 소리라면 아주 지긋지긋하이. 그래! 지경이가 나 대신 그리되었네. 그래서 뭐 어쩌란 말인가? 뭘 어쩌라고 내게 이러는 거냐고?"

핏대까지 선 영재는 몹시 성이 나 있었다. 채운이 뭐라 말을 하려는데 그보다 먼저 영재가 고함을 쳤다.

"그렇게 소중한 친구라면 자네들은 무얼 했는가? 지경이가 그리될 때까지 자네들은 어째서 한 번도 지경이를 찾지 않았느냐 말일세!"

불안하게 흔들리던 영재의 눈이 그제야 친구들을 똑바로 보고 있었다. 잠시 사이를 두고 단우가 물었다.

"영재, 자네 말이 맞네. 그래서 이제라도 지경이를 도와야겠다 싶네. 자네도 그러고 싶지 않은가? 말해 주게. 그간 지경이가 도대체 어찌 지냈는가? 어찌 지냈기에 그리될 때까지라고 하는 겐가?"

오래 숨을 고른 영재가 입을 열었다.

"지경이와 왕래를 끊은 지 벌써 두어 달이 다 되어 가네. 그간 지경이를 살피며 함께 지내려 애썼지만, 지경이의 기벽이 갈수록 심해져 가는지라 도저히 교우가 어려웠네."

채운이 끼어들었다.

"기벽? 그게 대체 무슨 소린가?"

"자네들 지경이의 사랑에 들어가 보지 못했는가? 그 무서운 책
방 아니, 책 무덤 같은 방 말이야."

어제의 그 냄새, 그 소리!

채운과 단우의 눈이 딱 마주쳤다.

화재 사건은 지경에게도 고통이었으나, 영재라고 다르지 않았
다. 지경이가 고마울수록 죄책감과 미안함에 아니 보고 싶은 마
음이 간절했다. 그럴수록 자책에 분주한 마음은 거듭 생채기가
났다. 그러나 유 진사가 아들에게 이른 대로 지경은 영재의 몫이
었다. 평생 안고 가야 할 그림자. 참말로 지경은 그림자처럼 살았
다. 볕이 잘 들지 않는 방 깊숙이 틀어박혀 있는 듯 없는 듯 지냈
다. 그렇다고 영재에게 달리 속상한 내색을 하는 것도 아니었다.
외려 좋아하는 책을 맘껏 읽을 수 있으니 하루가 짧다며 늘 밝은
소리를 내곤 했다.

그런데 해가 갈수록 책에 집착하는 모습이 도를 더해갔다. 끼니
와 잠을 잊고 밤낮으로 책을 읽어 대는 일은 예사였고, 서산^{책을 읽}
^{은 횟수를 기록하는 책갈피}을 손에서 놓을 줄 몰랐다. 서산의 눈이 다 닳
도록 접었다 폈다 하며 책을 읽고 또 읽는 것이 지경의 버릇이었
다. 그런데 언제부턴가 다 읽은 책장을 찢어 꾸역꾸역 씹어 넘기

는 일이 많아지더니, 어느 날은 찢은 책장을 국수처럼 자리끼에 적셔 먹었다. 닳고 닳은 서산을 자근자근 씹어 대며 온종일 책 냄새만 맡기도 했다. 한 번은 홀딱 벗은 제 몸에 이런저런 시를 써 내려가더니, 하초까지 다 밀어 내고 그에까지 글을 썼다.

"그래 놓고 낄낄대며 마침내 저 스스로 책이 되었다는 거라. 너무 걱정이 되어 지경의 자당과 내가 억지로 그 친구를 안채로 들여 책과 떨어뜨렸지. 허나 책과 떨어진 지경은 사시나무 떨듯 사지를 흔들다 눈을 까뒤집고 혼절까지 하였네. 그렇게 의원을 부르기도 수 차례였지."

당시의 기억이 되살아나는지 영재는 고개를 흔들며 일렀다.

"어찌 그런 일이……."

채운은 차마 말을 맺지 못했다.

"그때까지만 해도 지경이와 왕래를 끊지는 못했다네. 어찌 되었건 자책과 가여운 마음이 더 많았으니……. 헌데 얼마 전 지경이한테 목이 졸린 후부터는 내 마음도 달라졌다네. 더 이상은 참기 힘들었지. 어쩌면 지경이 말대로 내 잘못인지도 모르겠네."

책에 미쳐 버린 지경한테는 귀한 책도 아주 많았단다. 도대체 어디서 그런 책들을 구하는지 고서며 희귀본이며 금서까지, 진기한 책들을 늘 주변에 두었다. 그간 책들은 대부분 영재가 구해다 주었는데, 얼마 전부턴가 용한 책쾌를 구했다며 자랑이 대단했다. 그런데 정작 영재에게는 그 책쾌를 절대 소개하지도 않았고,

책 또한 결코 빌려 주는 법이 없었다. 과한 책 욕심이 친구의 유일한 위안이려니 싶었으나 짜증스러울 때도 적지 않았다. 다른 사람도 아니고 저와 나 사이에, 그리 간곡한 청을 몇 번이나 했는데도, 빌려 주는 건 고사하고 들춰 보기만 해도 꺼리는 기색이 역력하니 서운함이 깊어졌다.

"그래 한 번은 부아도 나고 이렇게 많은 책 중에 한 권쯤 없어진들 네가 알쏘냐 하고, 책 한 권을 몰래 두루마기 소맷자락에 숨겨 나왔다네. 그런데 어찌 알았는지 지경이가 그 밤에 우리 집에 찾아와 내 목덜미를 움켜잡더란 말이지. 그 섬뜩한 눈빛이며 아귀힘이 정말 나를 죽이겠다 싶더군. 참말이지 더는 이 친구를 만날 수 없겠다 싶었다네."

영재의 설명에 채운은 머리가 어지러웠다. 이야기를 들을수록 점점 더 혼란스러웠다. 그때까지 아무 말이 없던 단우가 잠긴 목소리로 물었다.

"그런데 영재! 아까 지경이의 책 무덤 같은 방이 무섭다 했지? 혹시 무슨 일이라도 있었는가?"

영재는 고개를 홰홰 저으며 진저리를 쳤다.

"그 방은 생각만 해도 소름이 끼치네. 그 방에 앉아 있으면 말이지 책마다 켜켜이 눌어붙은 좀벌레 소리가 들린다네. 사그락사그락 책을 갉아먹는 좀벌레 소리가 갈수록 커지는 걸 들어 본 적 있는가? 섬뜩하다는 말로는 충분치 않네. 허나 더 무서운 건 지경이의 반응일세. 지경은 좀벌레 소리를 풍류처럼 여겼네. 글과 마음을 나눌 줄 아는 유일한 문우들의 노래라며 좋아라 킬킬거렸지. 좀벌레 소리도 소리지만, 나는 지경이의 그 킬킬거리는 소리가 더 싫었네."

좀, 좀벌레, 종이 벌레라…….

채운은 광증이란 말이 떠올랐다. 그 말이 아니라면 지경이의 이런 기이한 행동들을 어찌 설명할 수 있단 말인가!

"지경이 어머님도 많이 힘드셨겠군."

단우의 말에 영재가 미심쩍게 중얼거렸다.

"힘들긴 하셨겠지만 자네가 생각하는 이유로는 아닐지도 모르지."

단우가 다시 물었다.

"대체 그게 무슨 소린가? 동네 사람들이 수군거리기도 하던데……."

"불미스레 돌아간 분을 폄하하려는 건 아니네만, 지경이의 자당은 그리 존경할 만한 분은 아니셨네. 생모도 아니었고."

채운이 나섰다.

"그럼 지경이 어머님께 사사로이 원한을 품은 사람도 있을 수 있겠군."

"그것까지는 잘 모르겠네. 아무튼 나로서는 그리 자주 뵙고 싶은 분은 아니었다네."

"어제 지경이가 관아로 나와 어머님을 모셔 갔다 들었네. 알고 있는가?"

단우가 묻자 영재는 고개를 저으며 일렀다.

"그럴 리가! 아마 지경이가 아닐 걸세."

다급해진 채운이 큰 소리로 물었다.

"그럼 대체 누가 모친을 모셔 갔단 말인가?"

갑자기 영재가 버럭 소리를 질렀다.

"그걸 내가 어찌 안단 말인가? 가게! 내 더는 자네들과 이야기를 나누고 싶지 않네그려."

얼굴이 벌게진 영재는 참말로 입을 닫을 기세였다. 고개를 젓던 단우가 일어나 채운을 앞서 내보냈다. 그리고 목소리를 낮춰한 번 더 물었다.

"지경이의 화상 흉터가 얼굴에도 있다고 했지?"

"얼굴뿐인가? 얼굴에서 팔이며 배까지 신체 오른편은 거의 성치 않다네."

"혼자 통행이 불편할 정도인가?"

"그건 아닐세. 흉터가 좀 남긴 했으나 다리는 온전했으니 걷거나 달리는 일도 수월했네. 내가 가져간 책을 찾으러 그 밤에 우리 집까지 달려온 걸 보면 모르겠나? 한밤중에 아버님이 가마를 내어 주시면 우리 집에도 종종 놀러 오곤 했다네."

四.

다른 친구들 집도 몇 군데 돌아보았으나 별 소득이 없었다. 이 마음이 그 마음이었다. 채운과 단우는 지경의 소식을 듣고 나서야 제 무심함을 돌아보는 친구들에게서 제 모습을 보았다.

점심 즈음 약방에 들러서였다. 역시 함께 서당에 다녔던 친구 재근에게서 예사롭지 않은 소리를 들었다.

"지경이가 먹는 약이 있었다네. 탕약도 탕약이지만, 우그러진 흉터마다 발라 주는 외용고도 있었지. 의원이 써 준 처방에 맞춰 약을 짓고 매달 말일께 지경이네 집으로 보냈다네. 영재 아버님의 부탁이셨거든. 그런데 말이야⋯⋯."

주저하던 재근이 목소리를 낮춰 말을 이었다.

"지난달부터 지경이 내게 쪽지로 다른 약을 부탁하지 뭔가. 그래 내가 직접 고채화며 노박덩굴로 조제한 새로운 탕약을 지어 보냈지. 이것이 무슨 뜻인 줄 알겠나?"

채운과 단우는 눈만 끔벅이며 재근의 다음 말을 기다렸다.

"아편일세, 아편! 지경이가 아편에 중독되어 있었단 말일세."

재근은 더욱 낮은 목소리로 말을 이었다.

"내 짐작으로는 지경이 아편에 중독되었다가 그를 해독하려 마음먹었던 것이 아닐까 싶으이. 내 안 그래도 한번 지경이를 찾아가려 했는데, 한사코 거절하는 터라……."

아편! 아편이라면 말이 되었다. 지경이가 보인 강박이나 광증은 바로 아편에서 비롯된 것일 수도 있다. 아니, 그럴 것이다.

채운과 단우는 서둘러 주막을 찾았다. 객주를 겸하는 이 주막은 국밥이나 술 말고도 보부상들이 가져온 담배를 쌓아 놓고 팔았다. 아예 방 하나를 내어 놓아 담배방이라고 부른다는 절초전에서는 마을 사내들이 모여 수다를 떨거나 전기수의 구성진 목소리에 귀를 열고 누워 담배를 먹는다고 했다. 바로 예서 아주 은밀히 아편이 제공되기도 한다는 사실을 재근이 귀띔해 주었다.

"아니, 이런 누추한 데를 어찌 도련님들이 납시어서 그런 것들을 물으십니까요?"

낯이 붉고 수염이 덥수룩한 담배방 사내는 호락호락하지 않았다. 느닷없는 도령들의 출현으로 방에 들어 있던 사내들이 몰려 나가자 심사가 뒤틀린 듯했다.

"이곳은 담배를 파는 곳입니다요. 양반님네들은 종들을 시켜 구해 간 담배를 사랑에서 피우시지만, 우리는 예서 바로 담배를 먹지요. 담배가 아니라면 저희는 어떤 것도 모르는 일이 됩니다."

벌써 얼굴이 붉어진 채운 대신 단우가 나섰다. 앞서 재근이 일러 준 대로 너스레를 놓자니 의외로 능청이 뚝뚝 떨어졌다.

"그렇겠군. 허나 우리 같은 도령 중에도 담배 맛에 예민한 친구들이 좀 있지. 그런 친구들은 하인들을 부려 구해 오는 평범한 담배 맛에는 기쁨을 못 느낀다네. 눈치가 빠른 자네라면 우리가 직접 온 이유를 알지 싶네만. 어떤가? 괜찮은 청국 담배를 좀 추천해 줄 수 있겠는가? 아부용양귀비 꽃잎이 좀 섞인 것이라면 더 좋을 듯하네만……"

잠시 말이 없던 사내가 고개를 숙여 킬킬 웃다가 슬며시 고개를 들었다.

"참말입니다요, 도련님! 우리는 담배만 취급합니다. 허나 우리 객주를 이용하는 보부상 중에는 혹시 모르지요. 그야말로 이런저런 상품들을 죄 다루니, 도련님이 궁금해하시는 물품도 혹 끼어 있을지 모르겠습니다. 가끔, 아주 가끔 동래에서 온 현가라는 장사치가 객주에 들를 때마다 거르지 않고 그를 찾아 물품을 받아 가는 이들이 몇몇 있습니다만…… 대부분 저잣거리 장사치들이거나 천한 것들뿐이지요. 약재상이며 방물장수, 야장, 남사당들도 좀 있고 기방에서도 다녀가고. 허나 객주는 방을 내어 줄 뿐 어떤 물품이 오가는지는 알 수 없는 일이랍니다."

고개를 끄덕이던 단우가 일어섰다.

"고맙네! 장사를 방해하여 미안하이. 그만 가 보도록 하겠네."

"아닙니다요, 도련님. 편히 돌아가십시오."

한결 누그러진 사내가 사근사근히 물었다.

"대장부가 다 되셨습니다. 예닐곱 살 때까지 제가 참말 많이도 업어 드렸는데, 도련님은 기억이 아니 나시지요?"

단우가 환히 웃으며 답했다.

"박 서방을 내 어찌 몰라. 이 방에 들어서자마자 딱 알았는걸."

좀 사이를 두던 사내가 목소리를 달리해 물었다.

"허면 감히 여쭙습니다요, 도련님! 어찌 학문에 힘써야 할 도련님이 이런 곳에 와서 험한 것을 찾으신단 말씀입니까?"

크고 꼿꼿하게 나무라는 소리였다. 역시 조금 사이를 두었다 단우가 답했다.

"자네 비밀을 지켜 줄 수 있겠나? 사실은 친구 일 때문에 조사 중일세. 아무래도 박 서방이 말하는 그 험한 것에 피해를 본 이가 내 동무인 듯해서 말이지. 그러니 걱정하지 마시게. 내가 먹으려는 것이 아닐세."

참말이냐고 두어 번을 더 물은 다음에야 사내는 고개를 끄덕였다. 그리고 낮은 목소리로 일렀다.

"면천되고 나서도 설날이면 꼭 안방마님께는 따로 인사를 갔더랬습니다. 우리 마님이 그렇게 가실 분이 아니셨는데……."

채운이 헛기침을 할 때까지 단우도 박 서방도 가만 그쳐 있었다.

"잘 지내시게! 다음 설에도 집에 들러 주시면, 세찬에 도소주로 잘 대접하고 싶으이."

단우의 인사에 담배방 사내 박 서방은 객주 문밖까지 따라 나와 허리를 굽혔다.

단우가 태어나기도 전부터 그 집 마당쇠로 있던 박 서방은 양인과 혼인해서 밖으로 살림을 났다. 장인이 하던 담배방을 물려받은 것은 안방마님의 배려로 면천된 이듬해였다. 갓난쟁이부터 봐 온 단우가 되도 않는 허세를 부리며 아편을 찾으니 울컥 걱정이 오른 박 서방이었다. 허나 나무라던 박 서방 목소리가 참 따뜻도 하여 단우는 외려 가슴이 아렸다. 이제는 면천된 노비조차 이러한데, 점차 아편에 상해 가는 지경을 알아보고 걱정해 주는 이는 아무도 없었던 것일까?

잠자코 걷던 채운이 물었다.

"그러니까 현가라는 보부상이 아편 공급책이라는 거지?"

단우가 이었다.

"그에게 아편을 받아 가는 사람 중에 어떻게든 지경이와 연결된 사람이 있을 테고. 도대체 누구일까?"

약재상, 방물장수, 야장, 남사당, 기생…… 도대체 누가 지경에게 아편을 전해 주었을까? 도대체 누가 바깥으로는 잘 나다니지도 않는 지경을 찾아와 그랬을까? 약속이나 한 듯 입을 다물고 재촉하던 둘의 발걸음은 사람들의 말소리에 잡혀 섰다. 왁시글덕시글 저잣거리는 어디서든 지경이 모친 이야기였다.

"그럼 벌써 검험을 다 마친 거래?"

"검험이야 원체 빨리해야 하는 일이기도 하지만, 요즘 날씨 같아서는 시신이 상할까 더 서두른 게지. 그나저나 그 여자도 참 불쌍하네!"

"나는 딱히 그런 생각 많이는 안 들데. 그 여자가 우리한테 좀 비싸게 고리를 놓아야 말이지. 내가 그거 갚느라 아주 똥줄 빠진 걸 생각하면……."

잠시 멈춰 하늘만 보고 섰던 채운이 갑자기 단우를 잡아끌었다.

"가세! 사건이 어찌 풀리고 있는지 알아보세."

五.

　설이는 분이에게 저녁상부터 들이라 일렀다. 쉬지 않고 말을 쏟
아 낸 후 다과상에 오른 증편을 허겁지겁 먹어 대던 사촌 오라비
가 사레에 들린 참이었다. 채운이 이르는 사건은 이미 설이도 알
고 있었다. 마침 동헌을 다녀간 이의 죽음이라 더욱 염려가 짙은
아버님과 조반을 함께 한 데다, 분이와 돌이가 경쟁이라도 하듯
새 소식이 있을 때마다 이르는 통에 별채 역시 소란이었다. 처음
엔 설이도 그저 걱정스러운 일쯤으로 여겼다. 그러나 검험 결과
를 전해 듣고 나니 다른 생각들이 올라왔다.

　책에만 빠져 지내던 외톨이 화상 환자의 실종, 그리고 그 어미
의 죽음은 아무래도 마음에 걸리는 구석이 있었다. 시집을 가서
이태를 견디지 못하고 돌아온 언니, 그저 책 속에 꽁꽁 숨어 방에
서 나오는 일조차 드물던 언니도 그러하였다. 책을 읽으며 저를

잃고 있던 언니, 두덕두덕 책으로 제 무덤을 쌓던 언니, 살았어도 죽은 언니……. 아버지가 아는 시간 훨씬 이전부터 죽어 있던 언니를 아버지만 몰랐던 사이, 어머니는 혼자 무던히 애를 태웠다.

은근히 채운을 기다리던 설이는 검시 결과부터 들려주었다.

"돌이가 만난 오작사령 시신을 다루는 관노비의 말로는 후골 위아래 쪽으로 서너 군데의 자상이 발견되었답니다."

이야기를 더 이어 가려는 찰라 밥상이 들어왔다. 정황으로는 도저히 상 위의 것들을 목구멍으로 넘기기 힘들어야 했지만, 농어와 죽순채의 향이 코끝에 닿자 두 도령 모두 시장기를 감추기 어려웠다. 그러고 보니 방금 들인 증편 말고는 온종일 속에 넣어 준 것이 없었다.

"오라버님들, 찬찬히 드십시오. 아마도 시신은 복검될 테고, 그렇다면 더욱 현명한 판단이 내려지지 않을까 합니다."

설이가 잠시 방을 나섰다. 두 도령이 편히 배를 채울 수 있게 자리를 비켜 주는 듯했다. 말 한마디 없이 고봉밥을 비우는 동안 채운과 단우는 눈 한번 마주치지 않았다. 이윽고 방에 돌아온 설이가 채운에게 물었다.

"아까 말씀 중에 지경 도련님이 은밀히 거래하는 책쾌가 있다 하셨지요? 그에 대해서는 조사하신 바가 없으십니까?"

"거의 매일 지경의 집엘 다녔던 영재가 한 번도 보지 못했다 하니 민첩한 사람이 분명하고, 구하지 못하는 책이 없을 정도로 많은 책을 공급했다 하니 수완도 좋은 사람일 것이오. 그 정도로 훌륭한 책쾌라면 이곳 능평 사람들에게 소문이 날 만도 한데 그런 소문은 들어 본 적이 없다오."

단우의 대답에 고개를 끄덕이던 설이가 일렀다.

"책쾌에 대해서는 제가 좀 알아보겠습니다. 안 그래도 한양에서 책쾌 하나가 들르기로 약조가 되어 있답니다. 그보다 지경 도련님은 어찌 아편에 중독된 것일까요? 아편은 중독될수록 스스로 끊어 내기가 어려운 법인데, 어떤 계기와 연유로 지경 도련님이 마음을 달리 먹은 것인지 궁금합니다. 바로 이것을 알아야 지경 도련님의 수수께끼를 풀 수 있을 듯하고요."

그제야 단우가 입을 열었다.

"내내 마음에 걸리는 일이 하나 있소이다. 어제 지경이 어머님이 관아에 오셔서 통곡했을 때 지경이가 와서 모친을 모셔갔다 들었소. 그런데 아무래도 그 사람이 지경이가 아닌 듯하오."

"자네 영재의 말이 신경 쓰이는구먼. 하지만 예방이 지경이었다 하지 않았는가? 예전부터 알았다면서 말이야."

채운이 이르자 단우가 망설이듯 말했다.

"그런데도 어쩐지 의심스럽단 말이지."

말이 없던 설이가 조용히 일렀다.

"예방뿐이었지요. 예방 한 사람만이 지경 도련님이라고 했을 뿐입니다. 한 사람만이 알고 있는 사실은 그 한 사람이 거짓을 이른대도 사실이 되고 말지요."

채운은 어안이 벙벙한 얼굴이었다. 설이가 돌이를 데려오라 일
렀다. 냉큼 뛰어 나간 분이가 어찌나 서둘렀던지, 성큼 방 안으로
들어선 돌이는 숨부터 골랐다.

"실제로 흉터 따위는 보지 못했습니다. 몸놀림이 그리 불편해
보이지도 않았고요. 얼굴 한쪽에 무슨 헝겊 쪼가리 같은 것을 둘
둘 말고 왔으니 자세히 볼 수도 없었지요. 늘 방 안에 틀어박혀
살던 사람이라 햇볕을 쏘이는 일이 거북하여 자꾸 얼굴을 가린다
고 하였습니다."

설이가 돌이의 기억을 되짚었다.

"방 안에 틀어박혀 살던 사람이라 햇볕 쏘이는 일이 거북하단
설명을 스스로 하더냐?"

"웬걸요, 아기씨! 그 도련님은 별말이 없으셨습니다. 말을 못하
는 사람인가 했다니까요. 그 이야기는 예방이 했습죠. 예방이 그
아들을 알아본 후에요."

이번엔 단우가 물었다.

"얼굴의 어느 쪽을 가리고 왔더냐?"

고개를 갸웃대던 돌이가 벌떡 일어나더니 목을 쭉 빼고 기울이
는 시늉을 냈다. 며칠 전 동헌 마당에서의 일을 몸으로 떠올려 보
는 것이었다. 갑자기 돌이가 왼손으로 제 눈가를 긁더니 무릎을
탁 치며 소리쳤다.

"왼편입니다요, 왼편! 얼굴 왼편으로 한쪽 눈에서 귀까지 형겊 데기를 둘둘 말았구먼요. 그걸 보면서 날도 더운데 괜히 나까지 불편한 듯하여 얼굴을 긁었던 생각이 납니다요."

단우가 급히 일렀다.

"지경이는 오른편이 성치 않소. 지경이가 아니었소. 누군가 지경이처럼 보이려고 억지를 쓴 거요."

채운이 다시 돌이에게 물었다.

"예방이 분명 그를 지경이라 불렀다고 하지 않았느냐?"

"예, 그랬습니다. 알아보며 좀 더듬거리긴 했지만, 분명 온샘지나 사는 권지경이라고요."

"그 어머님은 자기 아들이 아니라고 하고?"

설이가 재차 묻자 돌이가 고개를 갸웃거리며 대답했다.

"예, 그랬습니다. 자꾸만 저놈은 내 아들이 아니라고 도리어 내 아들을 살려 내라고 그 도령의 멱살까지 잡은 걸요. 예방이 혀를 차며 노망이 저리 심한데, 아들이 도대체 어찌 돌본 거냐며 쓴소리도 했습지요. 예방이 포졸들에게 도와주라고 하여 그 어머님을 겨우 관아 밖으로 끌어내고는 가마까지 내주었답니다."

돌이 이야기에 설이가 살짝 얼굴을 찌푸렸다. 그를 놓치지 않고 단우가 일렀다.

"예방은 거짓 증언을 했소. 혹시 그가 사건에 관련된 것은 아닐지……."

입술을 앙다문 설이 대신 채운이 대답했다.

"예방이 관련되어 있다면 이숙님과 관아에 더욱 큰 흠이 될 것이야. 부임하고 한 해도 되지 않아 이런 사건이 터져 안 그래도 걱정이 많으실 텐데 말이다."

설이가 일렀다.

"아무래도 아버님께 말씀을 드리는 편이 좋겠습니다. 오라버니들은 지경 도련님의 사랑에 다시 가 보시는 게 어떨까요? 지경 도련님이 남긴 글이나 편지 따위를 살펴 그간의 일들을 자세히 알아봐야 할 듯합니다."

설이의 말이 끝나기도 전에 두 도령의 눈이 마주쳤다. 어울리지 않게 채운이 우물쭈물 작은 소리를 냈다.

"헌데 그 방이 말이다, 그러니까, 좀 그렇단다."

기괴한 소리가 새어 나오는 으스스한 방 이야기를 들려주자 설이는 눈을 크게 떴다. 바로 그 소리가 친구들 외에는 전혀 아니 들리는 것 같더라 하니 설이의 눈은 더욱 커졌다. 잠시 말이 없던 설이가 일렀다.

"그렇다면 혹시 오라버니들을 부르는 소리가 아니었을까요? 방문을 열고 좀 들어와 보라는 소리요."

다들 아무 말이 없자 돌이가 쏙 나섰다.

"도련님들이 무서우시면 제가 함께 가 드리겠습니다. 걱정하지 마셔요!"

그제야 채운이 헛기침을 했다.

"흠! 무섭긴 무에 무서워? 그저 그렇다고 일러 주는 것이지. 가세, 단우! 지금 바로 가 보는 것이 좋겠네."

도령들이 일어서는데, 설이가 그예 돌이를 붙였다.

"돌이를 달고 가시는 편이 시간을 버는 데도 좋을 겝니다. 사건이 일어난 현장이라 지키는 나졸들이 있을 테니까요."

분이가 관아를 나서는 세 남자를 배웅했다. 고만고만한 장정 셋. 걱정 따위 접을 만하다 싶은데도 분이는 사내들이 조그마해질 때까지 지켜보는 중이었다.

그때 누군가 분이 뒤편으로 재게 다가섰다. 훤칠한 키가 누구 앞에서든 우뚝할 것만 같은 사내. 뒷모습마저 호기롭다.

"안녕하셨는가? 능평에 와서는 처음일세그려."

홑겹 삼베 두루마기, 허리춤에 꿰찬 짚신 한 켤레, 당단풍보다 더 빨간 수염, 무엇보다 저 유쾌한 목소리!

책쾌 조생이었다.

"나리!"

"나리는 무슨! 빨간 수염 아재라니까. 어이쿠, 우리 분이는 못 본 새 더 예뻐졌네. 이래서야 어디 능평 총각들이 잠이나 잘 수 있겠나? 허허허!"

"아유, 나리도 참! 안 그래도 아기씨가 아까부터 기다리고 계셔요. 얼른 들어오셔요."

별채는 비어 있었다. 동헌에 나간 설이가 돌아올 때까지 조생은 소나무 아래 작은 연못에 눈을 주고 있었다.

"아직은 아기 잉어 서너 마리뿐입니다. 이 중에 누가 용왕님의 아드님인지는 아직도 잘 모르겠고요."

어느새 곁에서 설이가 농을 하자 조생이 껄껄 웃으며 답을 했다.

"정성스럽게 잘 키워 용궁 구경까지 다녀오신 후에는 쇤네에게도 좀 일러 주십시오. 용궁에서 유행하는 서책은 어떤 것들인지 말입니다요. 용궁까지 책을 팔러 가려면 이제부터라도 헤엄치는 법을 좀 배워 두어야 하겠습니다."

함께 웃고 나서 설이와 조생은 별채로 들었다. 다리를 절며 앞서 걷는 설이를 조생이 잠잠히 따라 걸었다. 바람보다 빠르고 축지법도 쓴다는 한양 최고, 조선 최고의 책쾌 조생이 느릿느릿 걸어 규방으로 들었다.

"그간 평강하셨습니까요, 설이 아가씨."

"예, 오랜만입니다. 못 뵙는 사이 더 젊어지셨습니다."

"그럴 리가요! 능평에서 뵈오니 더욱 반가워 그리 보이시는 게지요. 그보다는 주문했던 책들이 반가워 그리 보이시는 것 같기도 합니다. 능평으로 가신 다음부터는 연통이 오질 않아 이곳에서 따로 좋은 책쾌라도 만나셨나, 그리하여 소인을 잊으셨나, 혼자 그랬답니다. 허허허!"

웃는 낯으로 설이가 조생에게 물었다.

"안 그래도 이곳 책쾌에 대해 여쭐 일이 있어 더욱 기다리고 있었답니다."

설이의 말을 찬찬 다 듣고 나서 조생이 말문을 열었다. 분이가 내온 메밀 차를 그저 향기만 맡고 내려놓은 다음이었다.

"가까이 지내는 세책방들끼리는 서로의 책을 공유하기도 합지요. 허나 대부분은 경쟁 관계인지라 연대를 하는 일은 흔치 않습니다. 책쾌에게는 책을 빌려 주거나 파는 것도 일이지만, 그보다 중요한 것은 책을 사들이거나 구하는 일입니다. 보기 어려운 귀한 책이나 금서 따위가 확보된다면 응당 그 책쾌를 찾을 테니까요. 같은 이유로 세책방들도 바로 이런 책주름들과 거래를 원하겠지요. 주인들 스스로 조선 팔도를 돌아다니며 책을 구하면 좋겠으나, 필사를 만들어 내놓기만도 힘에 부치는 형편이 많으니 말입니다."

과연 조생이었다. 책에 관련된 일이라면 그 어떤 답이라도 내어놓는 빨간 수염 조생. 그에게 어렴풋이 떠오르는 이가 있단다. 이름은 이화수, 나이는 이제 스물을 조금 넘겼다고 했다. 역관 출신 아비를 둔 덕에 청국 책들을 곧잘 구해 와 조생에게 넘기던 젊은이였다. 청나라 말도 곧잘 하는 데다 문장도 제법이라 번역한 책도 여러 권이라 했다. 그런데 두어 해 전 한양 제집에서 큰돈을 훔쳐 종적을 감추었으니, 이를 두고 별별 소문이 다 돌았다. 마음에 두었던 사대부가 과부를 보쌈하여 야반도주하였다느니, 어느 권세가가 첩실로 들인 기생을 잊지 못해 청국으로 함께 도망쳤다느니, 남색을 즐긴 끝에 남사당 하나를 따라 패로 들어갔단 말까지, 그야말로 무성한 말들이 바람을 타고 날아다녔으나 어느 것 하나 사실로 확인된 것이 없단다. 그런데 서너 달 전 책을 팔러 온 사람에게 우연히 들은 말이 율촌에 산다는 한 책쾌가 아무래도 이화수 같단다.

잠시 말을 끊고 설이가 물었다.

"율촌이라면 능평 건너편을 이르시는 것입니까?"

조생이 고개를 끄덕였다.

"예, 안 그래도 이곳에 온 김에 이화수를 찾아볼까 했었습니다."

설이가 천천히 고개를 끄덕였다.

"그렇군요. 그 이화수라는 사람 혹시 용뇌향을 쓰지는 않던가요?"

조생의 눈썹이 초생달처럼 기울어지더니 얼른 되물었다.

"어찌 아셨습니까? 그저 향낭으로는 성에 안 차 박산로로 향을 내어 옷에 절여 입는 애향가였습지요. 한양에 있을 때는 사치스럽고 화려한 복색을 즐겨 하였고, 반촌의 별감들과 왈짜처럼 몰려다녔습니다. 목청이 좋아 노래도 곧잘 부르는 통에 온갖 연희며 놀이판, 기생집의 상객이었지요."

잠시 말을 멈춘 조생이 물었다.

"벌써 이화수를 만난 적이 있으신 게로군요?"

대답하지 않은 채 설이가 또 물었다.

"그 사람의 심성은 어떠합니까?"

"머리가 비상하고 아주 영특한 사람이나, 본성이 모진 데가 있어 자신에게 손해를 입힌 자에게는 반드시 두 배로 갚아 주곤 했습니다."

고개를 끄덕이던 설이가 조생에게 일렀다.

"오늘은 이화수를 만나지 않고 돌아가시는 편이 좋겠습니다. 연이 닿는다면 아마도 다시 볼 날이 있지 않을까요?"

조생은 고요히 고개를 끄덕이고 빙그레 웃으며 책을 내밀었다. 《만물진원》, 《진도자증》, 《성경직해》, 《교요서론》, 《묵상지장》, 《칠극대전》, 《서국기법》, 《해국도지》, 《수리정온》, 《기하원본》, 《성교실록》 못해도 수십 권의 서학서들이 조생의 두루마기 소맷부리에서 불쑥불쑥 튀어 나왔다. 볼 때마다 신기한 이 광경을 놓칠세라 두 눈을 동그랗게 뜨고 있는 분이에게 조생이 따로 책 한 권을 내밀었다.

"그리고 이것은 우리 예쁜 분이 것!"

《사씨남정기》를 받아든 분이 얼굴이 환했다. 이럴 때 보면 영락없이 따뜻한 아재, 조생이었다. 한 번도 그냥 지나치지 않고 설이를 챙기듯 분이를 챙기는 빨간 수염 아재. 두둑한 엽전으로 배를 불린 두루주머니를 내놓으며 설이가 물었다.

"우리 예쁜 분이가 금방 진짓상을 올린대도 또 아니 드시겠습니까?"

"허허허, 빨간 수염 조생은 밥 따위는 아니 먹으니까요. 서두르면 인경 치기 전까지 한양성에 들어가 탁주 한 사발은 할 수 있을 겝니다."

넉살 좋게 웃던 조생이 잠시 숨을 고르고 일렀다.

"주책맞은 늙은이 마음이겠으나 부디 조심하십시오. 혹여라도 이상한 기미가 보인다면 바로 연통을 넣으십시오. 모든 책은 제가 맡아 가지고 있겠습니다."

참으로 익숙한 말! 토씨 하나 틀리지 않는 말!

바로 저 말을 책쾌 조생은 설이를 처음 만난 그 날에도 일렀다. 영이 언니에게 주문한 책을 넘긴 후였다. 어린 설이는 눈을 동그랗게 뜨고 빨간 수염과 늘어진 소맷부리만 쳐다보고 있었다. 언니는 웃으며 아무 대답도 하지 않았고, 조생은 바람처럼 날아왔던 길로 사라졌다. 역시나 그 기이한 두루마리 소맷부리에서 《전우치전》을 꺼내 설이에게 내민 다음이었다.

바로 그때처럼 설이가 말없이 웃자 조생이 나직이 일렀다.

"그럼 이화수의 일은 다음에 찾아뵐 때 듣도록 하지요."

절을 하듯 고개를 숙인 조생이 벌떡 일어섰다. 문을 열고 나가는 듯싶었는데, 벌써 관아 큰 마당을 질러가며 손을 흔들었다. 돌차간에 뛰는 듯 나는 듯 사라진 책쾌 조생의 자취는 그저 바람이었다.

六.

돌이가 어떻게 구워삶았는지 나졸들은 연하게 지경의 사랑으로 두 도령을 안내했다. 이미 관차들이 조사를 끝냈다는 걸 보니, 별다르게 수상한 점을 발견하지는 못한 듯했다. 단우가 방에서 무슨 소리 같은 것이 나지 않더냐 넌지시 물었지만, 나졸들은 맨송한 얼굴로 되물을 뿐이었다.

"소리요? 뭔 소리요? 책밖에 없는 방에서 뭔 소리가 난대요?"

채운이 벌컥 문을 열어젖히자 얼른 방으로 들어선 돌이가 들고 있던 촛대를 내려놓고 초에 불을 놓는다. 이 밤에 다시 보아도 온통 책들로 채워진 방이었으나, 냄새는 좀 덜한 듯도 싶다.

"그럼 도련님들 살펴보십시오."

돌이가 꾸뻑 인사를 하고 나가자 채운은 책상부터 짚었다. 서안은 물론 그 옆에 연상 벼루, 먹, 연적, 붓 따위를 넣어두는 상자까지, 읽던 부분을 펼쳐 그대로 뒤집어 놓은 책들이 겹겹이 쌓였다. 한 권씩 한 권씩, 한 장씩 한 장씩, 채운은 책을 정리해 가며 지경이 어떤 책을 읽고 있었는지 둘러보았다. 책마다 거의 서산이 들었는데도 읽던 부분을 펼쳐 그대로 뒤집어 놓은 것이 좀 희한했다.

방 안을 찬찬 살펴보던 단우의 눈은 한쪽 벽면에 걸린 대나무 고비에 멈추었다. 편지며 두루마리들을 꽂아 두는 그곳에는 꽤 많은 문서가 매달려 있었지만 의외로 깔끔했다. 단우는 고비에 든 문서를 하나하나 꺼내 조심스레 지경의 사생활을 엿보기 시작했다.

얼마나 시간이 흘렀을까? 적막을 깨고 작은 소리가 들렸다.

"클클클."

단우는 처음엔 밖에서 나는 소리려니 했다. 그런데 다시 들으니 방 안이었다. 수상한 소리가 새어 나오던 방이라는 것도 잊고, 지경이 누구에겐가 받은 서찰에 빠져 있던 참이었다.

"클클클클…… 큭큭."

소리에 놀라 얼른 채운을 돌아보던 단우의 눈이 더 커졌다. 채운은 눈이 게게 풀린 채 기괴하게 웃으며 사타구니를 긁적이고 있었다. 섬뜩한 소리는 바로 채운의 입에서 침과 함께 미끄러지고 있었다.

"자네 왜 그러나?"

단우가 묻는데도 채운은 벙싯벙싯 웃기만 했다. 여태껏 채운이 이리 이상하게 보였던 적은 없었다.

'무언가 잘못되었군!'

단우는 재빨리 채운을 일으켜 세우며 뺨을 때렸다. 그러나 채운은 여전히 웃는 얼굴이었다. 힘을 주지 못하는 다리가 제 맘대로 주저앉는 게 우스운 듯 채운은 거푸 웃었다. 단우는 숨을 몰아쉬며 소리를 질렀다.

"바, 밖에 돌이 있느냐?"

마당에 있던 돌이가 들어올 때까지 반 식경은 되는 것 같았다. 방으로 들어온 돌이가 영문을 몰라 눈만 부라리고 있자, 단우가 다시 소리를 질렀다.

"어서 와서 좀 부축하게. 아무래도 탈이 생긴 것 같으이."

돌이가 제 어깨에 채운을 기대게 하고 앉혔지만, 채운의 허리는 자꾸 무너졌다.

"채, 채운 도련님이 어찌 이러십니까? 뭔 일이 있으셨습니까?"

돌이가 물었지만 얼굴이 노래진 단우는 쉬 대답을 못 했다. 돌이가 일단 채운을 방 안에 누이려 하자 단우가 소리를 질렀다.

"아니, 아니 되네. 밖으로 데리고 나가세!"

돌이는 채운을 등에 업었다. 덩치가 비슷하니 겨우 등에 걸친 정도였지만, 채운의 등을 부여잡은 단우를 믿고 걸음을 옮겼다. 돌이가 안채 마루 쪽에 채운을 누이려 하자 벌써 겁을 집어먹은 나졸들이 손사래를 쳤다.

"여기는 사건 현장이라 혹여라도 형방 나리가 아시면……."

아주 틀린 말도 아니었다. 단우는 돌이에게 고개를 끄덕이고 서둘러 지경의 집을 나섰다.

장정 하나를 떠메고 가자니 쉬운 일이 아니었다. 힘없이 늘어진 채운의 사지는 계속 미끄러졌고, 그를 억지로 떠메고 떠받치며 걷는 돌이와 단우의 이마에선 땀이 뚝뚝 떨어졌다. 다행히 동구를 지날 즈음 축 늘어져 말도 없던 채운이 어눌하게 입을 뗐다.

"거, 걸을 수 이, 있……."

그러나 채운은 온전히 제힘으로 걷지는 못했다. 양쪽에서 부축하면 끌려는 왔으니 그나마 다행이었다.

'도대체 이 무슨 괴이한 일이란 말이냐?'

단우는 속이 탔다. 책 무덤 같은 방에서 책 귀신이라도 썬 걸까? 도대체 무슨 일로 지경이도 채운이도 이상해진 걸까? 정말 해괴한 일이었다.

어찌어찌 집에 들어 방 안에 누이자 채운은 물 한 대접을 찾아 마신 뒤 그대로 쓰러져 버렸다. 그야말로 잠이 쏟아지는 듯했다. 단우는 돌이를 돌려보내며 일렀다.

"이제 채운이는 괜찮은 것 같네. 그만 돌아가게. 설이 아가씨께는 내일 채운이와 함께 찾아 뵙는다 일러 주게. 채운이 상태는 아가씨가 걱정하실 터이니……."

"예, 잘 알겠습니다, 도련님! 내일 뵙겠습니다."

돌이가 먼저 알아들은 듯 재빨리 대답하고 돌아섰다.

이러다 지경이 전에 채운이부터 상하게 되는 것은 아닌지, 도대체 저 수상한 방 안에서 지경이는 그간 어찌 지냈던 것인지, 지금은 어디로 사라진 것인지, 무사하기라도 한 것인지, 끊이지 않는 걱정이 단우의 머리를 헤집었다. 허나 풀리지 않는다. 어떤 조각도 이어지지 않는 수수께끼다. 어디쯤 이어 붙여야 할지도 가늠이 되지 않는……

채운의 코 고는 소리가 차분해질 때까지 단우는 곁을 지키다 돌아갔다.

七.

　채운의 걱정에 잠이 설었던 것은 단우만이 아니었다. 첫닭이 울
기도 전에 깬 설이는 가만히 일어나 다락을 열었다. 비밀 속 비
밀. 채 완성하지 못한 언니의 문집은 큼지막한 책함 바닥에 숨겨
둔 또 하나의 서랍에 들어 있었다. 책을 쓸어내리기만 하던 설이
가 혼잣말처럼 중얼거렸다.

　"언니! 언니랑 비슷한 사람이었나 봐. 살았어도 죽은, 그런 사
람이 또 있었대. 작고 어두운 방에서 오로지 책벌레하고만 마음
을 나누었대. 얼마나 외로웠을까?"

　그때는 설이도 어려서 언니가 그저 서운하고 밉기만 했다. 혼
례를 올리기 전 다정했던 언니는 얼음장처럼 차가워져 아무에게
도 곁을 주지 않았다. 좀처럼 열리지 않던 언니의 방문 앞에서 어
머니가 한숨을 내쉬는 동안 설이는 그저 섭섭함에 삐죽거렸다.

'그런 줄 알았다면, 나라도 알고 있었다면⋯⋯.'

아직도 완전히 털지 못한 저 생각을 설이는 애써 구기고 책을 펼쳤다. 서산이 끼워진 장이었다.

동해 푸른 바닷물이 대접에 떠 놓은 물 같아라
달빛 쏟아지니 황금 대접 속 물이 찰랑찰랑*
어젯밤 꿈속에 나는 그 물을 시원히 들이켜고
계수나무 아래서 옥피리를 불다 잠이 들었네
조용히 앉은 선녀가 마저 불어 주는 피리 소리
어머니 불러 주시던 자장가처럼 다정도 하여라
고운 소리에 이끌려 꿈 속 꿈으로 그대 왔으니
부디 깨지 않게 시간이 멈추기를 바라네

한 번이라도 좋으니 설이는 언니를 꿈에서라도 보고 싶었다. 하고 싶은 말이 너무 많았다. 처음엔 돌아간 어머니를 두고 따지고 싶은 마음이었다. 원망되고 미운 마음을 쏟아 내고 싶었다. 언니 때문이라고, 다 너 때문이라고⋯⋯. 그러다 아주 한참 후에는 용서를 구하고 싶어졌다. 미안하다는 말을 꼭 한 번은 해야겠어, 설이는 밤마다 잠이 얕았다. 그런데 어쩐 일인지 영이 언니는 한 번도 설이의 꿈에 찾아오질 않았다. 단 한 번도.

'괜찮아, 언니! 내가 언니 꿈으로 찾아갔을지도 모르니까. 아마

*허난설헌의 시 〈감우 感遇〉에서 부분 인용

그랬을걸. 꼭 그랬을걸.'

설이가 영이 언니의 시편들을 읽는 사이 점점 해가 올랐다.

단우는 관아 근처에서 무거워진 발길을 차마 떼지 못하고 있었
다. 오전 중에 들른 채운의 집에서는 자당께 야단만 맞았다.

"사내로 났으니 술도 마셔 보고 싶고 기방에서 맘껏 놀아 보고
도 싶겠지. 허나 지금은 무엇보다 학문에 힘쓸 때가 아니던가? 다
음부터 이런 일이 또 있으면 아버님께도 고할 것이야. 채운이 아
버지만이 아니라 자네 아버님께도 말이야. 알아들었는가?"

걱정 끼칠 일을 생각하면 그 오해가 차라리 감사했으나, 어쨌
든 단우는 채운의 얼굴도 보지 못하고 친구 집에서 쫓겨났다. 그
길로 관아로 향하여 예까지는 왔으나, 혼자 들 생각을 하니 아무
래도 엄두가 나지 않았다. 친구와 그 사촌 동생을 만났을 때는 몰
랐으나, 독대를 하고자 하니 남녀가 유별함이 마음에 걸렸다. 어
찌하면 좋을지 몰라 단우는 계속 관아 앞을 서성였다.

"도련님!"

지나던 돌이가 마침 아는 체를 하자 반가운 마음에 단우는 손부
터 덥석 잡았다.

"자네 어디 가는가?"

"오시가 넘어도 도련님들이 아니 오셔서 채운 도련님께 가 보
는 중입니다요. 아가씨가 어제 채운 도련님이 쓰러지셨단 말씀을
듣고 계속 걱정하셨거든요."

돌이가 단우에게 잡힌 손을 슬쩍 빼며 말했다.

"어제 내가 채운이 이야기는 설이 아가씨께 말씀드리지 말라고 했지 않은가?"

"예? 걱정하시지 않게 소상히 전해 드리라는 줄 알았는뎁쇼. 그런데 채운 도련님은 어떠십니까? 많이 편찮으셔서 함께 못 오신 겁니까?"

"그건 아니네. 채운이 이야기는 내가 직접 아가씨께 말씀드리기로 하지. 가세!"

단우가 왔다는 말에 분이가 냉큼 튀어나왔다.

"어서 드셔요, 단우 도련님!"

아까부터 기다리고 있던 설이도 채운의 안부부터 물었다. 단우가 방에 앉기도 전이었다.

"채운이는 집에서 쉬고 있소. 자당께서 우리가 어제 기방에 갔던 것으로 오해하시어, 오늘 하루는 서로 만나지 말 것을 당부하셨다오. 다소 피곤해 하는 것만 빼면 평소와 비슷했다고 하니 너무 걱정하지 않으셔도 될 겁니다."

단우의 답에도 설이는 쉬 근심을 털지 않았다. 단우가 지경의 방에서 있었던 일을 조목조목 일러 주자 한참 말이 없던 설이가 물었다.

"단우 오라버님은 어떠셨습니까? 괜찮으셨나요?"

단우는 머쓱해져 천천히 고개를 끄덕였다.

"혹시 채운 오라버니가 살피고 계셨던 책 제목이 무엇인지 생각나십니까?"

설이가 물을수록 단우는 겸연쩍어졌다.

"나는 지경이의 서찰들을 살피느라 채운이 무슨 책을 살피고 있었는지는 미처 주의를 두지 못했소."

설이가 또 물었다.

"단우 오라버니께서 살피셨던 편지들은 어떠했습니까? 특별한 것들은 없었나요?"

그제야 단우 목소리가 커졌다.

"지경이에게 정인이 있었소. 예상치 못했던 일이긴 하나 틀림없소. 정인이 보낸 편지가 두어 장 고비에 꽂혀 있었다오. 대강 살펴도 빈번히 오간 편지들 같았소. 몇 장만 다른 권자에 섞여 있는 것을 보면 아마도 더 많은 편지들은 따로 정리해 둔 것 같소."

"혹시 정인이 보낸 편지에 날짜도 적혔는지요? 언제쯤 받은 편지인지 기억하실 수 있겠습니까?"

향 내음이 은은하던 편지가 떠올랐으나, 날짜까지는 생각이 나질 않았다. 미간을 찌푸리며 애써 기억을 떠올리는 단우를 설이가 찬찬 뜯어보고 있는데, 단우가 화들짝 일어섰다.

"아무래도 지경의 사랑에 다시 다녀와야 할 것 같습니다. 기다려 주시오!"

무어라 말릴 틈도 없이 방을 나선 단우는 쌩하니 동헌 쪽으로 향했다. 분이가 얼른 설이 눈치를 살폈다.

"또 돌이를 붙일까요?"

건성으로 고개를 끄덕이던 설이는 그제야 장지문에 눈을 주었다. 미처 내리지 못한 모시 발이 천연덕스럽게 설이를 내려다보고 있었다.

금방 단우를 따라잡은 돌이가 뭐라 묻는데도 단우는 여전히 제 생각 중이었다. 노엽지는 않으나 언짢았다. 싫지는 않은데 못마땅했다. 대체 무엇이? 다 분이 잘못이란 생각이 들었다. 아무리 급해도 발을 내렸어야 했다. 독대한 설이가 너무 가깝고 분명했다. 이야기 나누는 중에는 몰랐으나 자신을 똑바로 바라보는 설이의 눈에 들어가던 순간, 단우는 움찔할 만큼 놀랐다. 놀라는 자신에게 놀라 단우는 확 일어서고 말았다.

'폐월수화閉月羞花는 아닌……'

자고로 미인 앞에서는 달도 모습을 감추고 꽃도 부끄러워 고개를 숙인다 했지만 설이는 그저 조그마했다. 달도 꽃도 그저 그 모습으로 있을 만큼 눈도 코도 입도 그저 조그마한 얼굴이었다. 애쓴다면 단아하다 이르겠으나, 솔직하자면 그저 예사로운 인상이었다. 미인으로 치자면 외려 시원한 이마에 큰 눈이 귀여운 분이 쪽이었다.

'그렇다고 그 대면이 마땅치 않을 것까지야!'

야릇한 제 기분에 단우는 더욱 마음이 상했다. 대면한 설이가

누구보다 평범한데도 그 무던한 눈빛에 한없이 빠져들다니! 무엇
보다 유쾌하지도 공평하지도 않게 설이에게 휘둘리는 것이 마음
에 들지 않았다. 설이는 무엇이든 알고 있는데, 자신은 무엇이든
모르고 있다. 아니, 설이가 툭 던져 준 문제를 풀고 있는 것만 같
다. 지독히 못 풀고 있는 듯하다.

"아이고, 도련님! 좀 천천히 가십시다요. 현장이 어디 도망이라
도 가는 것도 아닌데 천천히요, 예?"

돌이가 구시렁댔지만 단우는 조금도 속도를 줄이지 않았다.

"잠시 계십시오!"

갑자기 돌이가 단우를 제 뒤편으로 돌리며 낮게 소리쳤다. 지
경의 집이 코앞이었다. 단우가 돌이에게 잡힌 팔을 풀려는데, 돌
이가 더 세게 팔을 움켜쥐며 일렀다.

"예방이 와 있습니다."

그제야 조용해진 단우를 놔두고 돌이가 지경의 집으로 들어섰
다. 예방을 따돌려 보겠다며, 그 사이에 지경의 사랑으로 숨어들
라 이른 후였다. 한참을 떠들던 집 안에서 돌이와 예방이 함께 나
왔다. 돌이는 숨어 있는 단우와 몰래 눈을 맞추고 예방과 함께 저
쪽으로 사라졌다. 돌이가 시간을 벌어 준 사이 단우는 서둘러 지
경의 집으로 뛰어 들어갔다.

"잠시만 들어갔다 오겠네. 어제 놔두고 간 물건이 있어 그러네.
방금 다녀간 예방에게 허락을 맡았으니 염려는 마시고!"

급한 마음에 단우 입에서 거짓말이 술술 흘러나왔다. 단우는 지경의 사랑으로 들어가 채운이 마지막으로 살폈던 책을 찾았다. 어제 난리를 쳤던 그대로인지라, 채운이 손에서 떨어뜨린 책이 금방 눈에 들어왔다. 가슴이 뛸수록 기억이 또렷해졌다. 채운이 떨어뜨린 책 표지에는 묵이 잔뜩 묻어 있었다. 절대 깨끗지 않던 바로 이 책이었다.

단우는 고비 쪽으로 다가가 어제 살폈던 서찰들까지 챙겼다. 고비의 문서들 역시 어제 단우가 만졌던 그대로다. 연서를 찾는 김에 다시 보니 지경이 보내려다 만 연서까지 한 장 끼어 있었다. 단우는 그 편지들을 접어 도포 소맷자락에 넣은 후 급히 사랑을 나왔다.

"가 보겠네! 수고들 하시게."

나졸들은 서둘러 가 주는 단우가 고마워 더는 싫은 기색 없이 사립을 닫았다.

다시 관아로 발길을 옮기던 단우는 채운이 생각이 간절했다. 하필이면 이럴 때 누웠으니 걱정도 되고 얄밉기도 하다. 관아 앞에서 단우는 마음을 다잡았다. 사사로운 생각 없이 지금은 그저 사건에 집중하는 것이 옳다고 몇 번이나 중얼거렸다.

"나 없이도 잘 다녀오셨는가, 친구?"

설이의 방 안에서 채운이 해맑게 웃고 있었다. 눈이 커진 단우에게 설이가 일러 주었다.

"채운 오라버니도 조금 전에 오셨습니다. 친구 걱정에 이모님 말씀도 거역하고 나오셨답니다. 이제 큰일 나셨습니다, 오라버님들!"

맹맹한 농담만은 아닌 형편이지만, 단우는 한결 마음이 놓였다. 생생해 보이는 채운이 옆에 있으니, 설이와 마주한 자리도 훨씬 편했다.

"책을 가져왔소. 어제 채운이 자네가 살피고 있던 그 책일세."

단우가 겉표지에 묵이 묻은 책을 꺼내며 말했다. 책을 꺼내 놓는 순간 방 안에 침묵이 그득해졌다. 설이와 채운의 눈이 부딪는 것이 심상치 않다. 단우에게서 책을 건네받는 분이 역시 잔뜩 겁에 질려 있다. 분이는 덜덜 떨며 그 책을 받아다 설이의 서안에 놓았다.

"《홍길동전》이라! 언문소설이로군요. 오라버니들은 혹시 읽어 보셨습니까? 서자로 태어나 설움을 받던 길동이⋯⋯"

설이의 말을 바로 채운이 받았다.

"활빈당을 조직하여 탐관오리를 혼내 주고 새로운 나라 율도국을 세운다는 이야기지."

단우와 분이까지 고개를 끄덕이는 것을 보니, 모두 이 소설을 알고 있었다. 분이가 반짇고리에서 골무를 꺼내 왔다. 설이는 양손 엄지와 검지에 골무를 끼고 책장을 넘기기 시작했다. 다들 말 없이 지켜보는 동안 설이는 한 장 한 장 책장을 넘겼다. 책 어디쯤엔가 끼어 있던 서산 역시 세심히 살폈다. 적막한 시간이 흐르고 얼추 책장을 다 넘겼나 싶었는데, 갑자기 설이가 피식 웃고 만다.

"분이야!"

마지막 장을 덮은 설이가 이르자 분이는 얼른 천으로 골무와 서산을 싸안았다. 분이가 밖으로 나가자 설이가 일렀다.

"돌이에게 약방에 다녀오라 일렀습니다. 짐작하셨겠으나 아마도 책에 수상한 것이 끼워져 있었거나 묻어 있었던 게 아닌가 합니다. 아직 수사 중이라 혹여라도 헛말이 돌까 우선은 책이 아닌 골무와 서산만 보내 보았습니다. 아까는 너무 서두르셔서 미처 말씀을 못 드렸는데, 서너 권을 함께 조사했다면 좋았지 싶습니다."

놀란 얼굴이 된 단우에게 채운이 일렀다.

"설이 얘기를 들어보니 맞는 말일세. 지경의 사랑에 들었던 건 자네와 나 두 사람인데 서찰을 살피던 자네는 괜찮고 책을 살피던 나는 발작이 났다면, 그것은 책에 문제가 있는 것 아니겠는가? 지경이처럼 읽어 보고자 나는 일부러 서산을 주물러 대기도 하고 무심코 책장을 넘긴다고 검지에 침을 묻히기도 하였지. 아마 지경이도 그리 오염된 것이 아닐까?"

놀란 단우는 말문이 막혔다. 스스로 아편에 취한 것이 아니라, 누군가 의도적으로 지경을 해쳤을 수 있다는 것 아닌가! 놀라움을 지나 분노가 이는 일이었다.

한참 끊어졌던 말을 설이가 이었다.

"단우 오라버니, 지경 도련님의 사랑에서 더 가져오신 것이 있으신 게죠?"

아까 도포 소맷부리에서 나온 책 사이로 얼핏 보이던 편지들을 이르는 말이었다. 단우가 서둘러 편지를 꺼내며 일렀다.

"여기 지난달에 받은 것이 있다오. 살펴보시오."

단우가 채운을 통해 편지를 건네자 설이는 자세히 들여다보았다. 종종 미간을 찌푸리던 설이가 편지를 도로 접으며 작게 중얼거렸다.

"생각했던 것보다 훨씬 멋진 분이신 듯합니다. 미처 정인에게 보내지 못한 지경 도련님의 편지에도 아련함이 그득하네요. 참말 정갈한 글씨체 하며!"

채운이 물었다.

"그런데 나는 아직도 지경이한테 정인이 있다는 말이 잘 믿기지 않는구나. 편지를 본 설이 너는 짐작이 가느냐? 대체 누가 지경이의 정인 같으냐?"

단우 역시 눈으로 계속 묻고 있었다. 지경에게 정인이라니! 과연 누가 지독한 상처가 남은 화상 환자의 정인일까? 혹여 다른 이들은 모르는 정혼자라도 있었던 걸까?

설이가 물었다.

"오라버니들은 어째서 지경 도련님께 정인이 있다는 것이 믿기지 않으십니까?"

채운이 정색을 하며 답했다.

"그야 지경이는 바깥출입 자체가 어려우니 누구를 만날 수 있는 형편이 아니지 않으냐? 게다가 누구를 만난다고 해도……."

채운이 주춤거리자 설이가 받아 물었다.

"성치 않은 몸과 흉터 때문에 연모를 받기에 적당치 않다는 생각이 드십니까?"

"아니, 그것이 아니라, 내 말은……."

저답지 않게 말을 고르는 채운을 참지 못하고, 단우가 발끈 나섰다. 잘난 척하는 설이가 얄미운 까닭이었다.

"그렇소. 내 생각은 그러하오. 저 자신도 밖으로 나서길 꺼렸던 외모의 지경이를 연모할 처자는 흔치 않다 생각하오. 보통 사람들의 보통 생각들은 이리 거리낌이 있으니 비난하고 싶다면 나중에 그리하시오. 그보다는 지경이의 정인이 사건과 관련이 있는지 우리에게는 지금 그것이 더 중요치 않소?"

단우를 똑바로 바라보던 설이가 다시 일렀다.

"단우 오라버님 말씀대로입니다. 보통 생각을 하는 보통 사람이 아닌 정인이 지경 도련님께 있습니다. 일생을 한데서 지내지만, 그 향기만큼은 함부로 팔지 않는 매화 같은 아가씨입니다. 보내는 편지마다 향을 입혀 보낼 만큼 정성도 마음도 가득한 이지요. 입힌 향에 의도치 않은 분내가 딸려 오긴 했지만……."

채운이 되짚었다.

"매화?"

단우가 소리쳤다.

"한데서 지내는 매화에 분향이라면, 혹시 기녀?"

"지경이가 기방 출입을 했단 말인가?"

채운이 단우에게 물으며 설이의 기색을 살폈다.

"영재 도련님을 한 번 더 뵙는 것은 어떨까요? 아마도 해 주실 말씀이 남았지 않을까 싶습니다."

고개를 끄덕이던 단우가 《홍길동전》을 내어 달라며 일렀다.

"그 책은 도로 지경의 방에 가져다 놓는 것이 좋겠소이다. 이 방에 두었다가 혹시라도……."

채운이 맞장구를 치며 책을 집어 들었다. 설이가 말을 이었다.

"저의 바람은 그 정인이 지경 도련님을 보호하고 있는 것입니다. 그 가능성도 있다고 보고요. 모친이 살해되기 며칠 전부터 지경 도련님은 실종 상태였습니다. 바로 그 때문에 그 모친이 관아에 찾아와 통곡하며 간청했으나, 그 말을 알아들은 사람은 아마도 범인 정도였겠지요. 그 과정에 예방이 그를 도왔습니다. 그러니 예방은 그 범인과 관계가 있거나 이 사건 자체와 관계가 있을 테지요. 예방을 조사하는 일은 아버님께 아뢰었으니 조만간 소식이 있을 겁니다."

채운이 말을 자르고 물었다.

"우리 말씀도 드렸느냐? 우리가 지경이 일을 조사하고 있다고?"

"죽마고우로 자란 친구들이란 사정을 말씀드렸습니다. 사람들 역시 관아에 불려와 조사를 받는 것보다 오라버니들께 더 많은 속내를 털어놓을 수 있을 거라고요. 예방의 일로 관아 안에서부터의 불신을 염려하고 계셔서 우선은 일리 있다 여기시는 듯했습니다. 그렇다고 대놓고 허락하신 일은 아니오니 부디 더욱 그늘지게 수사하셔야 합니다. 이번처럼 몸이 상하는 일이 있어서도 아니 될 것입니다. 모쪼록 조심하시고요.”

채운도 단우도 고개를 끄덕였다.

“범인은 아마도 지경 도련님께 원한이 있을 거란 생각입니다. 그 어머니까지 살해한 것을 보면 모친이 범인을 알고 있었기 때문 아닐까요? 그게 아니라면 범인이 아직 지경 도련님을 찾지 못해 어머니에게 협박을 가하다 일을 벌인 것일 수도 있고요.”

지경이 무사할지도 모른다는 생각에 채운과 단우는 가슴이 뛰었다. 그러나 범인이 그 모친을 해할 만큼 분노에 차 있다면 필시 지금도 지경을 노리고 있을 것이다. 설이가 말을 이었다.

“지난 달 무작정 저를 찾아온 책쾌가 하나 있었습니다. 능평 건너 율촌에 산다 들었는데, 한양에서부터 제 소문을 들었다며 이런저런 책에 대해 묻고 주문을 부추기더군요. 하여 몇 권은 놓아두라 이르고 또 몇 권은 주문을 넣어 놓았으나 아직까지 소식이 없습니다. 그가 자랑하기를 어떤 책이든 하룻밤에 필사가 가능한 필사쟁이를 거느린다 했습니다. 헌데 정갈하고 단아하니 처음부터 끝까지 고른 그 필사쟁이의 필체가 지경 도련님의 연서에도 누워 있습니다."

"지경이가 필사를 했군. 그 책쾌와 거래를 하면서 말이야."

채운이 소리쳤다.

"문체가 닮았다고 하여 그것이 꼭 지경의 필사라고는……."

단우가 의심하자 설이가 일렀다.

"오른쪽이 불편한 지경 도련님은 왼손으로 글씨를 쓰셨겠지요. 왼손으로 이리 말쑥한 필체라니 놀랍기는 하오나, 한문이든 언문이든 왼손잡이의 버릇들을 완전히 감추기는 어렵답니다. 지경 도련님은 특히 동그라미를 그릴 때마다 그 버릇이 드러나는지라 눈에 익은 필체가 있습니다."

과연 그러했다. 설이가 갖고 있던 서책과 지경이 쓴 서찰의 동그라미는 하나같이 윗부분이 삐뚜름하게 가로놓여 있었다. 그제야 고개를 끄덕이는 단우 옆에서 채운은 감탄하듯 작은 소리를 냈다.

"조목조목 잘도 보았구먼!"

서두르기로 한 단우와 채운이 막 일어서는데 설이가 나직이 일렀다.

"그에게서 용뇌향이 났습니다. 그 책쾌에게서요."

八.

영재는 낮잠 중이었다. 깨우라 일렀으나 주저하는 하인을 모르는 척하고 채운과 단우는 방으로 들었다.

"이보게, 영재!"

"일어나시게. 우리 왔네."

부스스 일어나 앉기는 했으나 영재의 눈은 쉬 떠지지 않았다. 채운이 큰 소리로 하인을 불렀다.

"여보게! 도련님 일어나셨으니 시원한 것 좀 내오게. 친구들이 몹시 시장하니 요기할 것도 좀 내오고 말이야."

넉살 좋은 채운의 말에 결국 영재가 히죽거리며 눈을 떴다.

"자네는 참말이지 그 성격이 여전하구먼. 옛날 서당에 함께 다닐 때 훈장님 따님을 함께 좋아했던 것 생각나나? 그 처자는 단우를 좋아하고 말이야. 하여간 여자들은 아닌 듯하면서도 저리 곱상한 얼굴을 좋아한단 말이지, 허허허!"

때맞춰 시원한 수박화채가 들어오자 단우가 먼저 수저를 들었다. 히죽거리던 채운은 채반에 층층이 누운 절편부터 입에 넣는다. 꾹 찍은 봉밀 향 뒤에 구수한 참기름 향이 숨었다 나와 쫀득쫀득 맛나게도 씹힌다.

"자네 우리에게 할 말이 남은 게지, 응?"

채운이 우물거리며 영재에게 물었다. 고개를 가로젓는 영재의 낯빛이 살짝 달라진 것을 단우는 놓치지 않았다.

"요즘 연홍이는 잘 지내는가? 기방에 매향이란 기녀가 새로 왔다지? 춤사위가 아주 괜찮다던데 어떤가? 간만에 동무들끼리 기방에나 한번 몰려가 회포 좀 풀어 볼까 하는데……."

관아를 나서기 전에 돌이에게 대강 들은 기방 이야기를 흘려 보는 단우였다. 채운도 장단을 맞췄다.

"그래그래, 동수도 부르고 현근이도 부르세. 다 같이 한번 놀아 보자고!"

그제야 영재는 들고 있던 수저를 내려놓고 물었다. 얕지만 차분한 목소리에 진중한 눈빛까지 영재는 사뭇 달라져 있었다.

"어찌들 알았는가?"

답을 잘해야 하는 질문이었다. 채운은 단우를 쳐다보았다.

"우리가 어찌 알았는가는 지경이의 안전보다 중요치 않네. 그렇지 않은가?"

단우의 눈빛도 흔들리지 않았다.

"지경이는 무사하이! 적어도 내가 마지막으로 보았을 때까지는 말일세."

영재가 스스로 이야기를 털어놓기까지 단우도 채운도 재촉하지 않았다.

"지난번 자네들한테 한 이야기에는 하나도 거짓이 없네. 나는 실제로 지경이와 두어 달 전에 절교하고, 그 집에도 찾아가지 않았지. 그런데 바로 나흘 전 급한 연통이 왔네. 위급한 일이 있으니 지경이를 좀 도와 달라고 말이야. 하여 가마를 대동하고 지경이를 찾아가 그를 우리 집에 데려다 놓았네. 그리고 우리 집으로 온 그 사람들한테 지경이를 내어 주었고."

채운이 넌지시 물었다.

"그 사람들이라 하면……."

"매향이가 보낸 사람들 말일세. 정말 상상도 못할 일이지? 매향이처럼 예쁘고 재능도 출중한 기녀가 지경이한테 빠지다니! 내 눈으로 과정을 지켜보면서도 믿을 수가 없었다네."

눈이 마주친 단우와 채운이 고개를 함께 끄덕였다. 단우가 물었다.

"지경이가 기방 출입을 한 건 언제부턴가?"

"지경이가 기방에 출입한 건 아니야. 실은 우리 아버님이 몇 번 연희 자리를 만들어 주신 적이 있었다네. 올가을로 택일한 내 혼사가 결정되고 나서였지. 아버님은 화상 흉터로 평생을 홀로 지낼지도 모르는 지경이에게 늘 미안해하셨네. 하여 여자들과 어울릴 수 있는 자리를 그렇게라도 만들어 주고 싶으셨던 게야."

들고 보니 만석꾼 영재 아버지가 능평에서는 꽤 유명한 한량이었던 사실도 떠올랐다. 내 자식 대신 온몸에 화상을 입은 아이를 애틋하게 여기는 마음이라고 해도, 한량이 아니었다면 헤아리지 못할 일이었다.

"지경이도 처음엔 그런 자리를 몹시 황망히 여겼으나, 매향이를 만나고부터 마음이 바뀌었다네. 시문으로 화답하기 좋아하던 둘 때문에 아무리 여럿이 한자리에 있어도 그네 둘이만 있는 것 같은 느낌이었지. 그다음부턴 내가 알아서 자리를 피해 주었고."

한번 시작하고 나니, 영재는 술술 말을 쏟아 냈다.

"사랑이었네. 누가 보아도 매향과 지경은 서로를 연모하고 있었지. 허나 지경의 광증은 날이 갈수록 심해졌고, 급기야는 나마저 교우를 끊을 만큼 무서워졌지. 눈치 빠른 매향이가 모를 리 없었네만, 매향은 외려 지경이를 더욱 애달피 여겼다네. 기녀로 살아가는 것이 아까울 만큼 참으로 군자 같은 여자일세."

단우가 물었다.

"헌데 지경이가 위험에 빠진 것은 어떤 연유인가? 매향이와 관련이 있는가?"

영재가 고개를 끄덕이며 일러 준 이야기는 한양서부터 시작되었다. 한양 기생 매향이가 이곳 능평으로 내려온 이유는 한 사내를 피하기 위함이었다. 몹시 강팍하고 집착이 무서운 사내. 지혜로운 매향이도 그 사내에 대해서만큼은 전전긍긍이었다. 무엇보다 매향은 그 사내가 지경이를 해할까 두려워했다. 지경이를 도와 달라는 연통을 영재에게 보낸 것은 의심할 것도 없이 매향이었다. 지경이에게도 매향이에게도 묻지 않았으나, 영재는 매향이 그 사내에게서 지경이를 빼돌리는 중이라는 걸 짐작할 수 있었다. 그렇게 데려간 지경이가 어디에 있는지는 영재도 알 수 없었다. 채운과 단우가 다녀간 후 급히 매향에게 가 보았으나, 매향이 역시 자취를 찾을 수 없었다.

채운이 급히 물었다.

"지경이를 자네 집으로 데려왔으니 잠깐이라도 함께 있지 않았나? 매향이가 보낸 사람들이 오기 전까지 말이야. 그 사이에 지경이 남긴 말은 없었나? 무어라 이야기 좀 나누지 않았어?"

"지경이는 미안하다고 했네. 내게 미안한 것이 많다고."

"그 말뿐이었는가?"

단우가 재차 묻자 잠시 생각하던 영재가 답했다.

"아! 자기 책을 건드리지 말라 했네. 절대로 자기 책을 만져서는 아니 된다고. 오죽하면 서산도 만지지 말라더군. 마지막까지도 자기 책에 대한 미련을 버리지 못하는 친구였지. 그래서 내가 지경이에게 이제부터는 그 책쾌를 불러 내가 너보다 더 많은 책을 모을 것이라 농을 하지 않았는가? 그랬더니 또 마구잡이로 화를 내더군. 광증이 올라오는가 싶어 입을 닫았네만, 아무튼 책 이야기에 펄펄 끓을 정도로 화를 내는 지경이었네."

"그런 게 아니라 지경이는……."

채운이 설명하려는 듯 입을 여는데, 단우가 얼른 막으며 물었다.

"지경이가 책쾌에 대해 더 말은 않던가?"

"왜 아닌가! 그놈이 그놈이라면서 엄청 욕을 해댔네. 바로 그놈이 그놈이었다고 말이야. 계속 저 말만 하니 당최 알아들을 수도 없고……."

그제야 채운이 영재한테 일러 주었다.

"영재, 그놈이 그놈이었네. 지경이 말대로 말이야. 그 책쾌가 바로 매향이 두려워하던 한양 사내였다고."

입을 딱 벌린 영재는 한참을 그러고 있다 겨우 말문을 터뜨렸다.

"그렇다면 그놈이 계획적으로 지경이에게 접근한 것인가? 하지만 지경이가 책쾌와 거래를 한 것은 매향이와 만나기 훨씬 전의 일인걸."

잠시 생각하던 단우가 말했다.

"그 책쾌 역시 나중에 알게 된 것이 아닐까? 매향이 지경이를 연모하고 있다는 것을 말이야. 그래서 지경이를 미치게 하려고 아편 가루를 묻혀 둔 책 따위를 넘긴 게 아닐까 싶으이. 매향에게 들었든 스스로 알아챘든 지경이 역시 책쾌의 정체를 알고 해독하는 약제를 부탁했고 말이야. 제 증세와 제게 있는 책들이 연관되어 있다는 걸 뒤늦게 짐작하게 된 것이지.”

“무어라?”

먼저보다 더 크게 입이 벌어진 영재는 한참을 아무 말 못하다 중얼거렸다.

“그래서 내게 책을 빌려 주지 않았던 거로군. 절대로 책장을 넘기지도 말라고 그리 당부했던 게로군.”

영재의 눈가가 벌게졌다.

“지경이가 내게 어머님을 부탁한다고 했네. 안 그래도 그날 밤 지경의 어머니를 우리 집으로 모시러 가 보았으나 집이 비어 있었다네. 참말이지 지경이를 볼 면목이 없네. 일이 이리 되고 보니 사실을 털어놓기도 무서웠네. 누구에겐가 이 모든 일을 알려야 한다고 생각했지만…….”

마침내 영재는 울먹이기 시작했다.

“그것도 모르고 나는 여전히 지경이에게 서운했네. 내가 지경이를 생각하는 만큼 지경이는 나를 생각지 아니한다 믿으며 혼자 섭섭했네. 지경이는 나를 위해, 그때도 그렇고 또 이번에도…… 흑흑.”

채운도 단우도 코끝이 찡했다. 쉬 눈물이 그치지 않는 영재의 어깨를 가만가만 두드리며 단우는 입술을 앙다물었다.

九.

  채운과 단우는 기방에 들러볼까 하다 그만두었다. 매향은 이미
기방을 떠난 듯했고, 용의자로 지목된 책쾌의 정체도 어느 정도
떠올랐으니 이제부턴 관아의 몫이다 싶었다. 그보다는 지경의 광
증이 아편에 의한 것이라는 사실을 입증할 증거물을 확보하는 편
이 더 낫겠다는 생각이었다. 둘은 지경의 집 쪽으로 방향을 잡고
부지런히 걸었다.

  "도련님!"

  담배방 박 서방이었다. 은밀히 단우를 부르는 품새가 아무래도
심상치 않다.

  "자네, 여기까지 어쩐 일인가?"

  단우의 말에 박 서방이 주위를 살피며 낮은 목소리로 말했다.

  "그 현가 놈이 또 들렀기에 제가 슬쩍 떠보았답니다. 이번엔 매번 제게 물건을 사 가던 방물장수 하나가 아니 보인다 하네요. 제법 이름이 났던 조방꾸니 하나가 늙어 방물장수로 나섰는데, 그수완이 매우 좋다 하였습니다. 아마도 도련님들이 찾으시는 사람이 그 방물장수가 아닐까 싶어서 알려 드리려고요.”

눈알을 뒤룩뒤룩 굴려 가며 작은 소리로 일러 주는 박 서방의 얼굴이 한층 더 붉어 있었다. 느닷없긴 하지만 분명 도움이 되는 정보였다. 단우가 환히 웃으며 대답했다.

“고마우이! 참말 고마워!”

“그런데요, 도련님! 저기…….”

박 서방의 말이 어눌해지더니 맺지를 않고 눈치만 살핀다. 어울리지 않게 부끄럼을 타던 박 서방은 단우의 재촉을 몇 번이나 받고 나서야 겨우 일렀다.

“사또 나리께 우리 담배방은 그런 물건은 참말이지 몰랐다고, 그렇게 좀 일러 주십시오. 참말이지 우리는 그런…… 아무튼 우리는 그저 담배만 팔고 있는 데다가…….”

“알았네, 알았어! 염려 마시게. 자네는 더구나 우리 수사에 협조까지 하지 않았는가. 걱정 말고 담배나 잘 썰어 파시게.”

단우보다 먼저 채운이 쑥 나서 박 서방의 어깨를 두드렸다. 코가 땅에 닿게 절을 하고 박 서방이 돌아설 때까지 채운은 허허 웃었다. 그제야 단우가 눈치를 주었지만, 채운은 더욱 배짱을 놓았다.

“내 말이 틀렸나. 그리고 우리에게도 저런 정보원이 있으면 든

든하지 않겠는가? 그건 그렇고 책쾌 이화수가 어찌 방물장수와 연결된 것인지나 생각해 보세."

연신 고개를 갸웃거리던 단우가 그제야 알겠다는 듯 말했다.

"그 책쾌 용뇌향을 쓴다 했지? 꾸밈새도 남달랐다고 했어. 향이며 장신구 따위를 아마도 그 방물장수에게 구한 것 아닐까? 그러다 아편도 구해 달라 이르고 말이야."

채운이 고개를 끄덕이며 맞장구를 쳤다.

"그렇군! 그럴 수 있겠어! 가세. 일단은 지경이네 집에 들러 책을 더 구해 설이에게 가져가세. 그때 방물장수 이야기도 전하고."

벌써 해거름 노을이 퍼져 가고 있었다. 아귀가 맞아 들며 사건이 풀리고 있다는 생각에 걸음이 절로 빨라졌다. 게다가 친구 지경이 정인과 무사하리라는 희망까지 함께였다. 두 도령은 아까 영재의 집을 나서며 얻어 둔 토시까지 챙겨 들고 바삐 걸었다. 그런데 한참을 걷던 단우가 돌연 걸음을 멈추고 채운에게 일렀다.

"그 책 좀 다시 줘 보게."

아까 마지막 장까지 세심히 살피다 피식 웃어 버리던 설이 얼굴이 떠올랐기 때문이었다. 도대체가 전혀 어울리지 않는 웃음이라 매우 궁금하였으나 어쩐지 물어보기는 저어했다. 무엇이 설이를 웃게 했던 걸까?

단우는 길을 걸으며 책의 마지막 장을 슬쩍 넘겨 보았다.

"무얼 찾는 겐가?"

채운도 단우 곁으로 다가와 책을 살폈다. 책장 마지막 즈음에 조잡한 낙서들이 보였다. 한눈에 보아도 음탕한 그림과 글자들. 발기된 성기 옆으로 아무렇게나 휘갈겨 쓴 글자는 이 책을 읽는 사람에게 전하는 말이었다.

이 책 보시는 양반은 남자는 좆이 꼴리거든 용두질하고, 여자는 씹이 꼴리거든 서방질하거나 씹에다 손을 넣고 용두질을 치시오.

"푸하하! 어떤 놈인지 걸쭉하기도 하구먼. 한양 세책방을 돌고 돌아온 책인가 보이. 세책방 소설들이 이렇다더군. 책을 빌려 보며 사람들이 그리 낙서들을 많이 한다 들었네."

아무 말도 않고 단우는 책을 도포 소맷자락에 넣었다. 괜한 궁금함이었다. 이 황당한 낙서를 보고도 설이가 피식 웃고 말았다는 것이 더욱 어이없었다. 히죽대던 채운이 물었다.

"자네 우리 설이가 웃었던 게 생각나 찾아본 거지? 으흠, 자네 혹시 우리 설이에게 다른 마음이라도 품은 것 아닌가?"

"다른 마음이라니 무슨 그런 말을……."

"왜? 우리 설이만큼 맑고 똑똑한 아이도 드물 테니 연정을 품을 수도 있지."

"연정이라니 당치도 않네!"

벌컥 화를 내며 앞서 가는 단우를 채운이 거의 따라잡았을 때는 지경의 집이 코앞이었다.

거의 매일 찾아오는 도령들이 귀찮았는지 나졸들은 별말도 섞지 않고 사랑을 내주었다. 문을 열고 들어서는데, 어김없이 채운이 헛기침을 했다. 서둘러 책들을 살피는데, 채운이 낮은 목소리로 단우에게 일렀다.

"토시를 손끝까지 내려 끼게."

지경의 광증은 책에 묻은 아편 가루 때문이었다. 그러니 종이벌레나 괴물 따위 역시 저 증상에서 비롯된 허무맹랑한 것이 틀림없었다. 그런데도 두 친구는 책상과 연상 근처에서 몇 권, 다터져 버린 궤에서 몇 권을 바삐 집어 들고 바깥으로 나왔다. 아직도 그 정체를 알 수 없는 소리에 대한 불안감 때문이었다. 오늘만큼은 아주 조용했으나, 그마저 편치 않은 마음이었다.

관아 쪽으로 걸으며 어떤 책을 가지고 나왔는지 훑어보던 단우가 고개를 갸웃거리며 일렀다.

"어찌 된 것이 전부 교산^{허균의 호}의 책들뿐이네.《국조시산》,《성소부부고》,《성수시화》,《학산초담》."

그제야 제가 들고 있던 책도 살펴본 채운이 눈을 동그랗게 떴다.

"어이쿠, 여기도 그러네! 전부 교산의 책이야.《도문대작》이 한 권,《성소부부고》가 두 권,《성수시화》를 필사하다 만 게 한 권일세. 내 참, 이게 어떻게 된 거지?"

단우가 걸음을 우뚝 멈추더니 방향을 틀었다. 어쩐지 모두 교산의 책들만 집어 가는 일이 마음에 걸렸다. 무엇보다 설이에게 얼굴이 서지 않을 것 같다. 책을 바꾸러 다시 돌아가는 단우더러 채운이 볼멘소리를 했다.

"그냥 가세! 뭐 어떤가? 가지고 나오다 보니 교산의 책이었다고 하면 그만이지."

단우는 대답도 않고 휭허케 달려갔다.

싫은 기색이 역력한 나졸들의 눈치를 살피며, 단우는 지경의 사랑에 들었다. 방 안은 그새 어두웠다. 초를 켜면 좀 낫겠으나 차마 그리하지를 못하고 더듬더듬 책을 살폈다. 《논어》나 《맹자》, 《시경》도 좋고, 《효경》이나 《주역》, 아니면 《명심보감》이라도, 하다못해 《임경업전》이나 《숙향전》 같은 언문 소설이라도 좋으니, 교산의 책이 아닌 다른 책을 집어야 한다. 단우는 눈과 손으로 바삐 다른 책을 찾았다.

단우를 뒤따른 채운이 사랑으로 막 들어설 때였다. 스윽스윽 수상한 소리가 시작되었다.

츌츌…… 츕츕…… 쉬잇…… 쉿…….

혀로 내는 짧은 소리 같기도 했다. 아니면 무엇인가 긁는 소리일까? 하여간에 귀로 파고드는 저 유쾌하지 않은 소리가 다시 시작되었다. 두 친구는 그야말로 혼비백산이었다. 그 와중에도 단우는 손에 쥐었던 《중용》을 놓지 않고 밖으로 튀어 나갔다.

두 친구는 내달리기 시작했다. 달리는 것을 멈추고도 서로를 놓칠세라 한 번도 안 쉬고 서둘러 걸었다. 마침내 관아 앞에 이르러서야 둘은 옷매무새를 살피고 별채로 들었다.

"몹시 힘들어 보이십니다. 땀도 많이 흘리셨고요. 무슨 일이라도 있었던 겝니까?"

설이가 물었지만, 채운도 단우도 아무 대답이 없었다. 둘은 서둘러 지경의 사랑에서 가져온 책부터 꺼내 놓았다.

"여기 책을 몇 권 더 추려 왔다."

채운이 설이에게 이르고 큰숨을 쉬었다. 설이는 시원한 차를 권했다. 채운이 영재에게서 들은 이야기와 담배방 사내의 이야기를 전하는 동안 설이도 차분히 차를 마셨다. 이야기를 다 듣고 난 설이 역시 그간의 이야기를 전했다.

"과연 서산이 문제였습니다. 지경 도련님의 책 속에 있던 서산은 아편 가루로 오염되어 있었습니다. 아마도 이화수가 책 사이에 서산을 끼워 건네주었겠지요. 지경 도련님이 직접 만드신 서산이라면 응당 그 성명이 적혀 있었을 겝니다."

잠시 말을 끊고 단우를 살피던 설이가 다시 일렀다.

"예방 역시 이화수와 관련되어 있었습니다. 예방이 책쾌인 이화수와 손을 잡고 능평에 세책방 사업을 도모했었나 봅니다. 그 와중에 지경 도련님과 매향이 엮이면서 사건이 생길 듯하자, 이화수가 예방의 비리를 빌미로 위협했다 합니다. 단우 도련님 생각대로 그날 지경 도련님의 모친을 모시러 온 자는 바로 이화수가 맞았습니다."

설이가 차분히 일러 주는 데도 단우는 아무 말이 없었다. 얼이 빠진 사람 모양 고개까지 처박고 있다. 말을 맺은 설이가 가만 단우를 바라보자 그제야 채운의 눈도 단우를 향했다.

"자네 왜 그러는가? 지금 설이가 한 말 들었는가? 예방이……."

채운의 말을 자르고 단우가 소리쳤다.

"도, 도대체가!"

설이도 채운도 단우의 말을 기다렸다.

"이럴 수는 없네. 우리는 분명 교산의 책을 바꾸러 다시 지경의 방엘 들어갔네. 그리고 제목까지 꼼꼼 확인한 후에야 《중용》을 집어 들고 나왔네. 또 그놈의 종이 벌레 소리에 혼비백산하기는 하였으나, 나는 분명 《중용》을 가지고 나왔단 말이지."

채운이 큰 소리로 물었다.

"그래, 그랬네! 그게 어쨌단 말인가?"

"이 책을 보게. 다시 교산의 책일세. 모두 교산의 책이야. 이것 좀 보라고."

《국조시산》, 《성소부부고》, 《성수시화》, 《학산초담》, 《도문대작》, 그리고 저들을 다시 필사한 책 여러 권. 확인하던 채운이 책을 떨어뜨렸다.

"지경 도련님의 사랑에서 가지고 온 책이 모두 교산의 것이라는 말씀이시지요? 다른 책을 골라 가지고 나왔는데도 역시 교산의 책이라는……."

"그렇소! 이건 정말이지 말이 아니 되오."

단우가 설이를 향해 눈을 부릅떴다. 가만 생각하던 설이가 나직이 일렀다.

"먼저 가져오신 《홍길동전》도 교산이 쓴 것이라는 소문이 있지요. 아무래도 교산의 책이 혹은 교산이 우리에게 할 말이 있으신가 봅니다. 먼저 제가 좀 살펴도 괜찮겠습니까?"

어이없다는 얼굴로 단우가 채운을 쳐다본다. 채운은 그저 설이만 보고 앉았다. 설이가 눈짓하자 분이가 얼른 골무를 내왔다. 설이는 골무를 양 손가락에 끼운 후 천천히 책을 넘기기 시작했다.

아무도 말하지 않았다. 아무도 할 말이 없었다. 쥐죽은 듯 고요한 별채 안에서는 간간이 책장을 넘기는 소리만 들려왔다. 얼마나 시간이 흘렀을까? 꼼꼼히 책을 살펴 가던 설이가 갑자기 분이에게 종이와 붓을 준비하라 일렀다. 몹시도 안타깝던 마음이 심히 지루해져 가던 참이었다.

"채운 오라버니! 제가 부르는 대로 좀 써 주십시오."

분이가 내온 종이에 채운이 먹을 입힌 붓으로 받아 적을 준비를 마치자, 설이가 천천히 글자를 불렀다.

"황黃, 조鳥, 재在, 현玄, 음陰, 검은 그늘에 꾀꼬리가 있다! 도到, 사寺, 방方, 응應, 각覺, 절에 가면 응당 알게 되리라! 사寺, 재在, 백白, 운雲, 중中, 절은 흰 구름 속에 있네! 만卍, 학鶴, 송松, 화花, 로

, 온 골짜기 송홧가루 가득한!"

띄엄띄엄 한자를 부르고 덧붙여 풀이하던 설이가 책을 조용히 덮는다. 채운과 단우도 다 적은 종이를 앞에 두고 생각에 빠졌는데, 문득 단우가 소리쳤다.

"수리산 송주암!"

채운이 동그란 눈을 하고 단우의 말을 받았다.

"그래, 수리산 꼭대기에 암자가 하나 있지. 비질로 흰 구름을 쓸어 낸다 할 정도로 높디높은 산일세! 수리산은 소나무 계곡과 오색 폭포가 유명하니 송홧가루가 그득하단 말도 맞는 이야기일세. 그렇다면 수리산 송주암 검은 그늘에 꾀꼬리가 있단 말인데……."

그때까지도 생각에 잠겨 있던 설이가 일렀다.

"노랗고 예쁜 꾀꼬리의 용뇌향은 아마도 이미 쇠했지 싶습니다."

채운이 물었다.

"용뇌향? 그럼 이화수? 그게 다 쇠했다면……. 대체 무슨 말이냐? 이화수가 벌써 도망을 쳤다는 게냐? 아니면 죽었다는?"

설이가 답을 않자 단우가 다시 물었다.

"설이 낭자, 도대체 이 시편들은 다 뭐요? 그리고 무슨 근거로 이화수가 잘못되었다는 게요?"

그제야 설이가 대답했다.

"지경 도련님의 책에는 모두 표지 속 안쪽에 일련의 부호가 적혀 있었습니다. 처음 가져오셨던 《홍길동전》에서는 미처 알지 못했으나, 지금 여러 권의 책을 함께 살피니 부호들이 맞더군요. 아마도 지경 도련님은 책마다 그 순서를 적어 정리해 두신 듯합니다. 교산의 책을 지경 도련님이 정리한 순서대로 살펴보았습니다. 과연 좀이 여러 글자를 갉아 먹었더군요. 상한 글자들을 차례대로 불러 보니 이리 특별한 의도가 있었습니다."

설이는 잠시 사이를 두었다 말을 이었다.

"꾀꼬리는 이화수를 가리킬 것입니다. 만약 지경 도련님과 매향이었다면 한 쌍이라는 표현을 쓰지 않았을까요? 차려입기 좋아하던 이화수는 노래도 능했다 하였으니, 꾀꼬리 한 마리는 아마도 이화수에 더 맞춤이란 생각입니다. 깊은 산속 검은 그늘이라 함은 이화수 같은 꾀꼬리가 자의로 있기에는 어려운 곳입니다. 아마도 이미 큰일을 당한 것은 아닌지……. 어쩌면 그 사실을 일러 주려는 것은 아닌가 하는 생각입니다. 우선은 아버님께 아뢰어야겠습니다. 오라버님들 잠시만 기다려 주십시오."

설이가 방을 나서자 분이도 얼른 쫓아 나갔다. 덩그러니 남겨진 채운과 단우는 꿈속에라도 들어앉은 듯 어안이 벙벙했다. 규방 안에만 있는 설이가 한없이 밖을 들쑤시며 돌아다닌 자신들보다 더 많이 알고 더 많이 깨닫고 있었다.

"채운, 설이 낭자는 도대체 어찌……."

"좀 특별한 아이라고 내가 말하지 않았나. 걱정될 만큼 영특한 아이지. 이숙님도 설이 이야기만큼은 흘려듣지 않으신다 들었네."

그때 돌이가 들어와 교산의 책들을 묶어 가지고 나갔다. 관청으로 내간다 하니 아마도 현령에게 보이는 듯했다. 설이는 생각보다 늦었다. 관아에서의 수사가 궁금하여 쉬 일어나질 못하던 두 도령이 막 별채를 나설 즈음 설이와 분이를 맞닥뜨렸다. 뒤편으로 돌이도 따라 들어왔다. 설이가 다가와 먼저 인사를 하며 일렀다.

"이모님이 많이 기다리시겠습니다. 살펴 가십시오. 내일 몇 가지 이야기를 더 전해 드릴 듯합니다."

오늘은 아니고 내일 이야기하자는 말. 섭섭한 마음도 들었으나, 어찌 되었든 관아에서도 사건을 거의 풀었다는 소리일 터였다. 돌이가 관아 바깥까지 배웅하는 동안 말이 없어진 두 도령은 그리 잠잠히 길을 걸었다.

"자네 왜 묻질 않나?"

참지 못한 채운이 먼저 물었다. 그제야 단우가 채운을 쳐다보았다.

"우리 설이 어째서 다리를 저는 거냐고 왜 묻질 않느냔 말일세."

"그걸 물어야 하는 겐가?"

단우가 저리 대답하니 채운은 괜히 머쓱해서 성이 났다.

"되었네! 잘 들어가시게. 내일 보세."

토라진 채운은 뛰다시피 걸어 집으로 돌아갔다. 더 천천히 걷던 단우도 굳이 잡지 않았다.

단우가 아침상을 물리자마자 채운이 들이닥쳤다.

"마냥 늑장 부리고 있으면 어쩔 텐가? 아직 사건이 해결도 아니 되었는걸."

채운이 저리 설레발을 치는 것은 무언가 마음이 꺼끌꺼끌하다는 뜻이다. 단우는 속으로 웃으며 겉으로는 재촉 당하는 것이 짐짓 못마땅한 듯 굴었다. 관아를 향해 가는 동안 못 이기는 척 단우가 채운에게 말을 붙였다.

"자네는 참 사촌 누이와 의가 좋네그려. 남녀칠세부동석이라 하여 아무리 사촌지간이라도 남녀의 유별함을 따지고 드는 집도 적지 않은데 말일세. 나만 하여도 그리 가까이 지내는 사촌 누이는 없는 것 같으이."

"우리 집안이 원래 그렇다네. 특히 우리 어머님이 형제들을 일찍 잃는 통에 하나 남은 여동생인 설이 어머님을 무척 아끼셨지.
이젠 그 막내 이모님마저 세상을 떠나셨지만……. 자네도 알지
않는가? 내가 어렸을 때부터 어머님을 따라 한양 나들이가 잦았
던 것을. 그게 다 설이네로 놀러 갔던 거라네."

채운의 목소리가 점점 가라앉았다.

"사실 우리 설이가 처음부터 다리를 절었던 게 아니라네. 이모
님이 돌아가신 후 크게 앓아눕더니 영 일어나질 못했지 뭔가. 그
리 일 년 가까이를 자리보전하더니, 병은 씻은 듯이 나았으나 저
리 다리를 절게 되었지. 무슨 변고인지 무슨 병인지도 알지 못한
채 말일세."

그저 묵묵히 듣고만 있던 단우의 발걸음이 멈추었다. 벌써 관
아 앞이었다. 사람들이 모여 웅성웅성했다. 나붙은 방을 보며 떠
드는 중이었다.

"생긴 것도 딱 살인범처럼 생겼구먼!"

"이래서 타지에서 온 뜨내기 놈들을 못 믿는 거라니까."

"내가 이놈을 기방에서 본 적이 있다니까. 아, 참말이라고!"

벌써 이화수를 찾는 방문이 붙었다. 화공이 그린 이화수의 생
김새는 험상궂기보다 외려 아주 반드러웠다. 얌전한 눈썹 하며
또렷한 눈매, 날렵한 턱선까지 어느 한 군데도 어수룩함이 없는
얼굴이었다. 저이 마음 어디쯤 그리 독한 사랑이 맺힐 옹두리가
있었을까? 유심히 방을 바라보던 단우를 채운이 잡아당겼다. 단

우는 그제야 걸음을 옮겼다.

"어서 오십시오. 곧 칠석물이 들 것 같아요. 올해도 풍년이어야 할 텐데요."

인사하는 설이의 목소리가 어찌나 촉촉한지 벌써 칠석물이 든 것만 같다.

"그러고 보니 오늘이 칠석이었네그려!"

"그래서 아침에 우물을 길어 올렸구먼."

설이가 웃으며 일렀다.

"있다가는 밀국수를 낸다 합니다. 오라버니들도 자시고 가셔요."

한결 맑은 목소리. 무언가 좋은 일이 있는 듯하다.

채운이 물었다.

"그보다 오는 길에 보니 이화수를 찾는 방이 붙었더구나. 어찌 된 일이냐? 이화수는 이미 수리산 송주암에 있다고……."

"벌써 어제부터 관군들이 수리산을 수색 중이라 들었습니다. 아마도 오늘 오후에는 소식이 있지 않을까 합니다."

채운이 거푸 물었다.

"하면 지경이는? 지경이와 매향이 소식은 아직 모르는 게야?"

잠시 사이를 두던 설이가 그간 동헌에서 수사한 소식을 일러 주었다. 예방의 자백 이후 이화수를 유력한 용의자로 쫓고 있던 형방이 율촌을 수색하는 사이, 행수 기생이 동헌으로 불려왔다.

"기방에 드나들던 유협 하나가 있었답니다. 매향의 가야금 소리를 술보다 좋아했다더군요. 학질로 잃은 어린 딸이 살았다면 딱 매향의 나이가 되었을 거라고도 하였답니다. 가끔은 매향이 그를 아버지라고도 불렀답니다. 바로 그 유협 역시 며칠 전부터 보이지 않는다 합니다.”

뜬금없이 대체 무슨 소린가 싶어 채운이 눈이 둥그레졌다. 듣고만 있던 단우가 비로소 입을 열었다.

“그 유협이 매향과 지경이를 도와 이화수의 손아귀에서 벗어나게 해 준 거요?”

영재의 집에서 지경이를 데려간 가마꾼들도 장검을 잘 다루기로 유명한 그 사내를 지목했다. 매향이가 수양 아버지라고 부르던 그 유협이 이르는 대로 저희는 그저 수리산 솔숲까지 지경이를 날랐을 뿐이라고. 며칠 후 빈 가마를 똑같은 여정으로 하나 더 날라 달라기에 무슨 꿍꿍이가 있나 보다 짐작은 하였으나, 이런 일일수록 입 닫고 있어야 몸 보전에 좋다는 것을 모르지 않는 가마꾼들이었다. 빈 가마는 이틀 후에 가마를 내렸던 바로 그 자리에서 찾아왔다는 말을 덧붙이며, 가마꾼들은 가마 외에는 아무도 볼 수 없었다고 일렀다.

설이가 말을 이었다.

“그 유협이 매향을 위해 이화수를 제거하는 일을 도모한 듯합니다. 짐작만으로는 매향과 지경 도련님을 먼저 피신시키고 빈 가마로 이화수를 유인하여 대면한 것이 아닐까 헤아리는 중입니다. 동헌 역시 그리 추론하고 가마꾼들이 가마를 내린 자리를 중심으로 수색 중이라 들었습니다. 현재로써는 지경 도련님은 물론 매향이와 이화수 그리고 유협까지 누구의 행방도 알 수 없으나, 그 자체로는 꼭 불길하다고만 볼 수 없는 일이라 생각됩니다."

어제의 시편이 떠올라 단우는 고개를 갸웃거렸다. 설이 말대로 이미 꾀꼬리의 용뇌향이 쇠했다면, 이화수와 유협의 대결은 아니 보아도 알 일이었다. 저를 피해 달아난 여인을 끝까지 추적하여 찾아내고, 그 여인이 사랑한 정인을 미쳐 가게 만든 그릇된 연정. 그리 무서운 연정을 품은 꾀꼬리가 그저 무릎만 꿇었을 리가 없을 거라는 짐작에 단우는 살짝 소름이 돋았다.

듣고만 있던 채운이 물었다.

"설아, 나는 아직도 교산의 책에 관한 수수께끼를 풀지 못하였구나. 도대체 지경이 가진 교산의 책들은 어떤 비밀이 있었던 게냐?"

채운은 설이에게 물었는데 설이는 단우를 쳐다보고 있었다. 단우가 설이를 똑바로 보며 일렀다.

"혹여라도 〈호서장서각기〉를 이른다면……."

설이가 빙그레 웃으며 말을 받았다.

"그렇습니다. 단우 오라버니 말씀대로 교산이 〈호서장서각기〉에 이미 고백하지 않았습니까? 만 권 책 사이를 누비는 한 마리 좀벌레가 되고 싶다고요. 교산이 뜻을 이루어 우리에게 아니, 지경 도련님의 친구들께 기별하였음을 제가 먼저 알아챈 것뿐입니다."

채운보다 먼저 단우가 소리쳤다.

"교산의 말은 독서열을 이른 것이오. 종이를 쏠아 먹느라 책에 생긴 좀벌레와는……."

"하면 교산의 책들이 준 통지를 어찌 설명하시겠습니까?"

말을 자른 설이의 추궁에 단우는 말문이 막혔다. 딱히 답이 떠오르지 않기는 채운도 마찬가지였다.

7년 간 방 안에 들어앉아 책만 읽는 도령이 있었다. 흉한 제 화상의 흉터를 돈줄로 여기는 의붓어미와 단둘이 사는 도령. 밖으로 나서기엔 용기가 없고 친구들은 소원해졌다. 세상 밖으로 떠밀려진 도령 곁에는 그저 책만이 남았다. 책이 아니라면, 책이 아니었다면, 도령은 벌써 무너졌을지도 모를 일이었다. 본래 책이란 쓴 자와 읽는 자가 서로 교감하여 더 큰 의미를 짓는 데 그 뜻이 있는 것. 그러나 그 의미가 세상과 사람에게 쓰이지 못한다면 그만큼 헛된 것이 또 있을까? 차라리 책 속 한 마리 좀벌레이기를 소원하던 마음이 커 갈수록 세상과 사람을 꿈꾸던 마음은 더욱 절실해졌을 터! 그 균열에 사랑이 움텄을 것이다. 내려 둘수록 뜨거워졌을 사랑이 새로운 이야기와 새 소망을 지어 냈을 것이었다.

설이는 천천히 말을 이었다.

"우리가 알고 있는 세상만이 전부는 아닐 것입니다. 어쩌면 우리가 모르는, 우리가 이해할 수 없는 질서와 원리가 밀어 가는 세상도 있을 수 있겠지요. 흔치는 않으나 평범한 우리네들도 바로 그것들과 마주칠 때가 있습니다. 지경 도련님의 책들처럼 말입니다. 이를 어찌 받아들일 것인지는 사람마다 차이가 있겠지요."

단우가 물었다.

"하면 설이 낭자의 방식은 어떤 것이오?"

설이가 좀 생각하다 답했다.

"저는 제가 아니라 지경 도련님이 되는 것입니다. 좀들과 문우 지정을 나누던 지경 도련님이 되어 이 표지를 받아들일 것입니다."

한동안 흐르던 고요한 적막을 채운이 깨 버렸다.

"그래, 알았다! 네 말이 옳다 하자. 좀들이 우리에게 지경의 사건과 관련된 정보를 일러 주었다 치잔 말이다. 그럼 지경이는 대체 어디 있는 게냐? 어째서 좀은 가장 중요한 지경이에 대해서는 우리에게 일러 주지 않는 게냐?"

생각을 모으던 설이가 입을 열었다.

"모르겠습니다. 어찌하여 이화수의 위치는 일러 주고, 지경 도련님의 위치는 아니 일러 주었는지는 저도 모르겠어요. 다만 지경 도련님에게 이곳 능평은 아마도 잊고 싶은 곳이 아닐까 싶습니다. 참으로 어여쁜 이를 얻어 참으로 아름다운 삶을 새로이 꾸려 갈 그런 곳을 찾아내신 건 아닐는지요? 어쩌면 이는 저의 소망 같기도 합니다만……."

설이는 끄트머리 말을 속으로 삼켰다.

'부디 저의 소망대로 살아 주셔요. 이제 누구보다 귀한 이 옆에

서 지경 도련님은 사는 듯 살아 주셔요.'

단우가 씁쓸히 혼잣말처럼 일렀다.

"그러면 지경이는 끝내 아니 찾아지는 게 옳겠구먼!"

채운도 고개를 끄덕이며 읊조렸다.

"우리는 그저 좀만도 못한 친구였네, 쯧쯧쯧!"

젖은 바람이 사창을 건너 흘러든다. 드디어 통통 빗방울 소리. 맺힌 그리움이 칠석물로 전부 내리면 우럭우럭 쏟아질 볕 구경 나설 책들이 적지 않겠다.

부엌으로 밀국수를 가지러 간 분이가 빈손으로 들어와 설이에게 일렀다.

"아기씨, 돌이가 그러는데 송주암에 간 군관 하나가 먼저 연통을 가져왔답니다. 지금 이화수의 시신을 수습하여 관아로 오고 있다고요."

작년에 포쇄하였으니 올해는 그냥 넘길까 하던 단우도 생각이 바뀌었다. 볕도 볕이지만 묵은 먼지들 탈탈 털고 설렁설렁 맑은 바람 쐬고 싶은 마음이 간절하다. 그리 책을 말리는 동안 생각도 말리고 싶다. 진실하고 투명한 뜻이 깃드는 깨끗한 마음자리로 포쇄하고 싶다.

"분이야, 이제 그만 밀국수 좀 내오너라. 끝을 보고 나니 속이 더 헛헛하구나!"

애처롭기까지 한 채운의 목소리에 분이가 일어섰다. 웃음을 꾹 참고 방을 나서는 분이에게 그예 채운이 한 마디를 보탰다.

"나는 곱으로 다오!"

규중몽혼 閨中夢魂

그 돌길이 반쯤은 모래일 거요

꿈 속 넋이 자취를 남긴다면

"제 눈에는 아무래도……."

설이는 말을 맺지 못하고 망설였다. 그 뜻을 좀 알아채 주면 좋으련만 연 씨 부인의 눈은 그저 말갛기만 했다. 제법 자리를 잡은 주름까지도 평온한 눈매에 돌아간 어머니의 눈이 겹쳐 보였다. 반가우면서도 아린 마음. 설이는 다시 그림에 눈을 주며 말을 이었다.

"모사 같습니다. 공재 숙종대 선비 화가 윤두서의 호 선생의 그림은 위작들이 제법 돈다 들었습니다. 진품은 한양에서도 구하기 어려운걸요. 허나 꽤 실력이 좋은 화가의 그림입니다. 말의 갈기며 버들잎에 들인 정성이 예사롭지 않습니다. 형편없는 그림을 사신 것은 아니어요, 이모님!"

아무리 형편이 있대도 속아서 산 그림이 어여쁠 수는 없다. 연 씨 부인은 끌끌 혀를 찼다. 그림값으로 내준 비단 열 필은 차치하고, 양반가 마나님들한테 자랑할 기회를 잃은 데 바짝 약이 올랐다. 추석을 지내고 모이기로 한 날이 얼마 남지 않은 터였다.

"아들이 거하는 방에 백마도를 걸면 벼슬길에 쉬 오른다며 살살 사람을 꾀더니……. 내 그때 알아봤어야 했는데 말이다. 내 이놈의 거간꾼을 그냥!"

설이는 국화차를 마시며 이모의 화를 다 들어 주었다. 국화 향이 좋아 다행이었다. 고소하고 달큰한 율란도 맛났다.

"저 백마도를 어찌하시렵니까? 채운 오라버님 방에 두지 않으시려고요?"

연 씨 부인은 고개를 저으며 일렀다.

"되었다, 되었어! 저런 그림 걸었다가 괜히 부정이라도 타면 어쩌누. 이놈의 그림들을 당장 내다 버리든가 할 것이야."

거간꾼에게 구한 것은 '백마도'만이 아니었다. 백로 한 마리와 연밥을 그려 넣은 '일로연과도'며 닭과 맨드라미가 나오는 '계관화'까지, 아들의 입신양명을 바라는 그림은 서너 장이 더 있었다. 그중 빨간 맨드라미 그림을 만지작거리던 설이가 물었다.

"허면 이것은 제게 주시면 아니 될까요, 이모님? 저는 어쩐지 이 그림이 마음에 드는데요."

무엇 하나 예사로이 보는 일이 없는 질녀가 탐을 하니, 이 그림만큼은 달리 보이는 것도 같다. 연 씨 부인은 말을 더듬었다.

"이, 이따위 것에 왜? 뭐, 무슨 다른 이유라도 있느냐?"

고개를 저으며 웃기만 하는 설이는 해맑았다. 저리 웃으니 제 어미가 보인다. 어디 하나 닮은 구석이 없다가도 웃기만 하면 닮은 얼굴이 되는 모녀였다.

'달리 보아야 하는 그림이든 아니든 어떠랴. 이 아이가 이리 예쁘게 웃는데.'

연 씨 부인은 시전지 한 장을 꺼내 그림을 말아 주며 일렀다.

"옛다! 가져가거라. 대신 지금처럼 환하게 웃는 얼굴 좀 자주 보여 다오. 내가 아주 살 것 같구나."

가마가 준비되었다고 이르는 분이 목소리가 높았다. 꽤나 지루했던 모양이다. 설이가 막 안방을 나서는데 큰 소리가 났다.

"벌써 가는 게야?"

서운함이 잔뜩 묻은 목소리. 채운이었다.

"오라버니 이제 돌아오셨나 봐요. 이모님께 실컷 응석 부리다 가는 참입니다."

"영재가 혼인하고 처음으로 친구들을 불러서 말이다. 그나저나 좀 더 놀다 가지 그러니? 우리도 아주 오랜만인데 말이다."

설이는 웃으며 일렀다.

"벌써 해가 짧습니다. 곧 해거름인걸요. 조만간 오라버니께서 관아로 걸음 해 주셔요. 저도 얼마나 심심하게요."

찬찬히 가마에 오르는 설이를 분이가 거들었다. 절름대는 다리 쪽으로 자꾸 기우뚱해지는 걸음을 두고 보자니 애처롭기 그지없다. 멀쩡하던 다리가 갑자기 저리된 것을 제 어미가 알았다면 얼마나 원통했을까. 연 씨 부인은 차마 설이를 배웅하지 못하고 돌아섰다. 눈물이 그렁한 어머니를 부축하며 채운도 안으로 들었다.

올 때와는 달리 가마꾼들은 조신하지 못했다. 가마가 들릴 때도 앞이 너무 기우는 통에 분이가 소리를 질렀다. 뒤에 선 가마꾼 입에서 작은 소리로 욕이 튀어나왔다. 출발부터 아귀가 아니 맞는다 싶던 가마는 그예 대문을 나서자마자 땅에 떨어졌다. 가마꾼 하나가 엎어지며 자지러지는 소리도 함께였다. 다행히 가마는 넘어가지 않았다. 가장 나이가 많아 보이는 가마꾼이 요령 있게 붙든 까닭이었다.

"아이코!"

놀란 분이가 비명을 지르며 가마로 다가서는데 벌써 가마 문이 움직였다.

"괜찮은 게요?"

어디선가 튀어나온 단우가 분이보다 먼저 가마 문을 열어젖히고 물었다.

무릎에 얼굴을 묻은 채 웅크려 있던 설이는 쉬 고개를 들지 않았다. 분이가 단우의 등을 밀치고 가마 속으로 얼굴을 들이밀었다.

"아가씨! 아가씨!"

놀란 분이의 소리를 듣고 나서야 설이는 큰숨을 내고 고개를 들었다. 그새 눈물까지 글썽해진 분이 얼굴이 새카맸다.

"나는 괜찮네. 괜찮아, 분이야!"

다친 이는 가마를 메고 넘어진 가마꾼이었다. 다리를 붙잡고 비명을 질러 대는 것이 영 심상치 않아 보인다. 다른 가마꾼들 입에서 거친 소리가 쏟아졌다. 아무래도 넘어진 이가 얼마 안 된 신참 같다. 일이 익질 않아 가마꾼들 사이의 호흡도 틀어졌나 보다.

"도대체 이게 무슨 일인가?"

벼락같은 소리를 내는 이는 채운이었다. 어찌 알았는지 채운이 달려 나와 일을 수습하고 있었다. 가마꾼을 질책하던 채운이 분이에게 일렀다.

"아가씨를 다시 집으로 모셔야겠다. 서둘러라!"

아기씨를 업을 요량으로 다가선 분이에게 설이가 나지막이 일렀다.

"가마가 상하지 않았다면 가마째 들라 이르는 게 좋겠다."

넘어진 가마꾼 자리로 마당쇠가 들어 힘을 보탰다. 가마가 들릴 때 또다시 기우뚱거리긴 했지만, 가마는 무사히 집 안으로 들어섰다. 안방에 있던 연 씨 부인이 버선발로 뛰어나와 설이를 싸안았다.

"이게 어쩐 일이냐? 어디 다친 데는 없는 게야? 아니 도대체 이 무슨……."

괜찮다는 질녀의 말에도 연 씨 부인은 자꾸 설이의 얼굴이며 어깨며 무릎을 짚어 가며 살폈다.

"그러게 관아에서 가마를 내어 주신다고 할 때 그걸 탈 걸 그랬습니다요. 제가 미리 불러오면 되었을걸요."

투정 같은 분이 말 속에 아직도 울먹임이 들었다.

"쓸데없는 소리! 사사로운 나들이에 무에 관아의 가마까지 쓰누. 그리고 가마꾼이 넘어진 것이 사가에서 부른 가마라 그렇다 누가 그러더냐. 어찌하다 보니 그리된 게지. 되었다! 난 괜찮아. 그보다 넘어진 가마꾼은 어찌 되었나 모르겠구나."

방문을 열고 들어온 채운도 설이에게 괜찮으냐며 물었다. 설이가 웃으며 고개를 끄덕이자 채운이 일렀다.

"어머님, 넘어진 가마꾼은 약방에 보냈습니다. 아마도 발목을 접질렸지 싶습니다. 아무래도 마당쇠더러 가마를 메라 해야겠습니다."

큰숨을 쉬는 이모를 안심시키려는 듯 설이가 보탰다.

"채운 오라버니를 좀 더 보고 가라고 가마가 그랬나 봅니다."

설이 말에 채운도 웃으며 농을 했다.

"그것이 말이다, 나는 좀 헷갈리는구나. 나를 좀 더 보고 가라고 그런 건지, 단우를 보고 가라고 그런 건지……."

그제야 생각났다는 듯 분이도 일렀다.

"참말이지 쇤네도 깜짝 놀랐지 뭡니까요. 아기씨는 단우 도련님이 와 계신 줄도 모르셨지요? 느닷없이 튀어나온 단우 도련님이 갑자기 가마를 붙들더니 문을 열고 제일 먼저 물으시는 거예요. 아기씨가 괜찮으신지 말이어요."

설이가 별말이 없자 채운이 또 놀리듯 히죽거렸다.

"대문 바깥에서 노 서방을 만났거든. 설이 네가 돌아가는 참이라 일러 주기에 내 얼른 들어왔는데, 단우는 아마도 계속 대문께에서 있었나 보다. 그러다 네 가마가 넘어질 뻔한 것을 보고 놀라서 가마 문을 열어젖힌 게지, 하하하! 그 녀석 얼마나 걱정이 되었으면 사람들 눈도 잊고. 그 깐깐한 성격에 말이야, 하하하!"

채운은 웃음을 쉬이 거두지 못했다.

"지금도 설이가 걱정되어 제집에도 안 들어가고 서성대는 것 아닌지 몰라, 하하하!"

분이도 슬몃 웃음을 짓고 연 씨 부인마저 실소를 보태니 더욱 호탕히 웃는 채운이었다. 그러나 설이는 아무 말도 표정도 없었다. 저 혼자 깊은 생각에 빠진 것 같기도 하고 그저 아무 생각이 없어 보이는 것 같기도 하고 당최 짐작이 어려운 얼굴이었다.

二.

채운이 사촌 누이 설이를 찾은 것은 그러고도 한 달이 넘어서였다. 유난 여름에 가깝던 추석을 뒤로 청명한 가을날이 이어지고 있었다.

그 사이 설이도 두어 번이나 바깥나들이를 다녀왔다. 조각보에 곱게 싼 찬합을 들고 와 채근하던 분이와 잣나무 숲에 다녀온 지 얼마 되지 않아 연 씨 부인을 따라 미림산 계곡으로 단풍을 보러 갔더랬다.

"시집가고 나면 몇 해는 어림도 없는 일이다. 사내는 하고 싶으면 하고 보고 싶으면 볼 일이나 여자는 다르지. 저 고운 색색들 좀 보아라. 마음마저 물들일 것 같지 않느냐?"

노랗고 빨간 이파리보다 이모님의 설렘이 더욱 가슴에 박힌 소풍이었다.

"안 그래도 그날 무리를 좀 하셨던 게지. 약주도 두어 잔이나 하셨다면서? 술이라고는 입에 대지도 못하시는 분이……. 그러고는 며칠을 끙끙 앓으시던지, 아버님 걱정이 이만저만이 아니었단다. 그래 놓고도 또 수리산으로 국화놀이를 간단 말을 꺼내셨다 아버님께 한소리 들으시고 말이야."

그러나 연 씨 부인은 날이 매워지기 전에 기필코 바깥나들이를 두어 번은 더 할 작정이었다. 유난히 겨울이 더딘 해를 그냥 넘기기엔 나이도 마음도 너무 바쁜 연 씨 부인이었다. 그런 어머니의 이야기를 전하며 채운은 배꼽을 뺐다.

"아버님과 함께 가시라 해도 어찌 그리 단호하게 싫다 하시는지 말이야. 꼭 아녀자들끼리 가야 재미가 난다는 거야. 부부가 오붓하게 유람하는 일이 어찌 싫은 거야? 더구나 꼭 나이 든 부부만 그런 게 아닌 듯하니 그게 더 수상하단 말이다. 신혼에 깨가 쏟아지는 영재네만 해도 그래. 영재는 그리 나들이를 가자고 하는데도, 그 아내는 싫다 고개를 젓는데. 그럼 친정에라도 다녀오자 하는데, 그건 더 싫어하는 것 같더래. 대체 여자들의 마음은 갈피를 잡기가 힘들어서 말이야."

설이가 웃으며 물었다.

"영재 도련님 혼인 잔치로 능평이 떠들썩했던 일이 엊그제 같은데, 벌써 날이 꽤 흘렀습니다. 오라버니는 어여쁜 아내를 맞이하여 꿈같은 시간을 보내는 친구가 부럽지 않으셔요?"

채운이 괜스레 턱을 어루만지며 답했다.

"부럽기보다 우습다. 처음엔 혼인하기 싫다며 징징대던 녀석이 고새 아내한테 푹 빠져서 이제나저제나 아내만 찾더라. 정혼한 처녀가 별로라고 할 때는 언제고!"

그렇고 그런 새신랑의 고백에 비하자면 거하게 치러진 잔치는 결코 그렇고 그런 혼례가 아니었다. 만석꾼 집안에서 50년 만에 치르는 혼례가 가까울수록 능평은 더는 좋을 수 없게 들썩거렸다. 유난히 해가 더디던 혼례 날 아침, 사람들은 초례상이 서기도 전에 차려진 잔칫상에 붙어 앉았다. 혼주인 유 진사의 복락과 장손인 영재의 어른 됨이 참으로 모든 이들의 배와 마음을 부르게 하는 날이었다. 엄마 등에 매달려 부침을 얻어먹는 꼬맹이부터 얼마 안 남은 이로 고기를 뜯는 팔순 노인까지 분명 나라님 경사보다 흐뭇한 혼례를 맘껏 즐겼다.

"얼굴 한번 보지 못한 정혼자를 마음 깊이 연모하고 기다리는 사람이 뉘 있겠습니까?"

설이 말에 채운도 맞장구를 쳤다.

"내 말이 그 말이다. 혼례식에서야 처음 본 처자가 아내가 되었다고 갑자기 좋아질 수 있느냐 말이다. 더구나 영재는 이 혼인을 몹시 기울었다 여겨 탐탁지 않아 했는데……."

맺지도 못한 말은 뒤로 갈수록 소리가 줄었다. 벗이 털어놓은 속내가 어쩌다 보니 채운의 입에서 가벼이 너풀대고 있었다. 설이는 못 들은 척 알맞게 식은 구기자 찻물을 마셨다.

기운 혼인이 유 진사가 의도한 작품이라는 것은 이미 공공연한 비밀이었다. 재산은 넉넉하나 벼슬은 녹록하지 않던 가문의 진전은 유 진사의 오랜 소망이었다. 영재가 어찌어찌 과거에 급제한다 해도 오롯이 제힘만으로 중앙에 나아가기란 어려운 일이었다. 집안의 재물이 세도가에 줄을 놓는 일은 돕겠으나, 줄만 놓고 있는 것만큼 어리석은 짓도 없을 터. 영재가 디디고 일어설 발판이 절실했다. 정승까지는 아니어도 참판 품은 받아 녹을 먹은 양반가 규수, 그러나 입신공명하지 못한 시댁 가문을 업신여기지 않을 만큼 궁핍한 집안의 여식. 오랜 탐색 끝에 유 진사는 박 씨를 며느리로 맞았다. 귀양 중에 돌아갔으나 사후 도승지에 추증된 박형석의 무남독녀 박 씨를 유 진사는 동리에서 찾아냈다. 능평에서는 꽤 먼 곳이었다. 허나 당초 박형석의 본가는 능평과 인접한 서정리에 있었고, 정혼의 시점은 도승지로 추증되기 직전이었다. 영재의 혼사는 과연 면밀한 계산 위에 이루어진 유 진사의 성과였다.

박 씨의 어머니는 딸의 정혼을 즈음하여 서정리로 돌아와 사당부터 올리고 터를 잡았다. 나라의 은혜도 은혜려니와 그보다 도타운 유 진사의 후의가 있었음을 모르는 능평 사람은 아무도 없었다.

"그러니까, 그게, 친영례부터 딱 그렇단 말이지! 그리고 일자

역시 추석 코밑으로, 이건 뭐, 명색이 사대부 혼사인데…….”

애써 친영례를 끌어다 붙이는 채운의 얼굴은 아직도 불그레했다. 대개는 신부의 집에서 치르던 초례를 유 진사는 자신의 마당에서 치르고 바로 며느리를 들였다. 주자가례를 받드는 양반가의 미덕과 풍성한 잔칫상으로 사람들의 군말 역시 미리 막았다. 모든 면에서 유 진사에게는 완벽한 혼례였다.

“선고의 추증 즈음이니 내세울 친인척도 그닥 없으려니와, 그간 어려웠던 형편을 생각하면 신부 측에서도 친영례가 나으리라 여기셨나 봅니다.”

“아무래도 그, 그렇지?”

설이의 대꾸가 반가운 채운에게 딱히 궁금함 없이 설이가 되물었다.

“영재 도련님은 아내분의 어디가 그리 어여쁘다 자랑을 하신답니까?”

“무식해서 좋다더라. 대놓고 말은 그리 안 했다만 내 듣기엔 딱 그렇지 뭐냐. 뭐 하나 아는 척을 안 한대. 분명 모를 일이 아닌데도 한번 나서는 적이 없단다. 그저 남편이 일러 주는 대로, 시가에서 하란 대로, 그래 놓고 배시시 웃고 만다지 뭐냐. 아무리 선친의 귀양으로 집안이 풍비박산 났다고 해도, 보통 양반가도 아닌 권문세가 막내딸로 귀히 자란 처자가 참말 그러기 쉽지 않을 텐데 말이야. 영재는 그것이 아내의 인품이라 보는 것 같더라. 이래저래 지아비를 생각해서 일부러 그런다고 말이야. 혼례 전에 친구 녀석들이 영재를 짓궂게 놀리기도 했거든. 사대부 마나님을 모시고 살아야 하니 앞으로 힘들겠다고 말이다. 농이었는데 영재는 좀 신경이 쓰였나 보더라."

아내의 인품을 알아보고 곱게 여기는 지아비를 꿈꾸지 않는 여인이 있을까? 설이가 고개를 끄덕이는 사이 채운이 보탰다.

"그 아내가 거문고도 그리 잘 탄다더라. 밤마다 아내의 거문고 소리를 듣고 있자면 신선놀음보다 더 좋다고 말이야."

찻잔을 내려 두던 설이의 손이 잠시 멈춘 것을 채운은 보지 못하였다. 꿀편을 집어 먹던 채운이 갑자기 설이에게 물었다.

"그건 그렇고 너는 단우 이야기는 아니 묻느냐?"

무엇을 물어야 하는지 되묻는 설이의 눈빛에 채운은 장난스레 골난 소리를 냈다.

"단우도 함께 오기로 했었는데 말이다, 마침 일이 생겼지 뭐냐."

잠시 이야기를 끊었다 채운이 물었다.

"무슨 일인지 아니 궁금하냐?"

"외할머님이 오셨나 봅니다. 다섯 살먹도록 금이야 옥이야 길러 주신 외할머님이 한양에서 오셨으니, 응당 그 외손이 뫼셔야지요."

놀란 채운이 눈을 크게 떴다.

"어찌 알았누? 너 정말 무슨 신통력이라도 있는 게야?"

소리 높여 한참을 웃던 설이가 일렀다.

"오라버니도 참! 아버님께 전해 들었습니다. 단우 도련님의 외숙께서 어제 관아에 오셨더랍니다. 아버님이 대사간으로 계실 때, 헌납으로 아버님을 보필하셨던 모양입니다. 인사를 오셨다가 단우 도련님의 외숙인 걸 아셨다고요."

그제야 고개를 끄덕이며, 채운이 슬쩍 물었다.

"그건 그렇고 너는 단우가 보고 싶진 않으냐? 단우는 너를……."

"보고 싶다 하십니까?"

사촌 오라비의 말을 빼앗는 설이의 표정이 또 희한했다. 장난기가 그득한 것도 같고, 진실로 궁금한 것도 같고, 발그레 볼이 붉은 것도 같고……. 답을 못 찾은 채운이 푸념하듯 말했다.

"그렇겠지. 네가 우리 집에 다녀간 날, 네 가마가 땅에 떨어졌던 날 말이다. 그때 놀랐던지 몇 번이고 네 안부를 물었거든. 오늘 너한테 가기로 약조하였는데, 일이 이렇게 되어 섭섭한 것 같더라고. 딱히 말은 안 했다만……."

고개를 끄덕이던 설이가 일렀다.

"하면 친구 걱정이 많으신 오라버니께서 이것을 단우 도련님께 전해 주실는지요?"

설이가 내민 것은 조그마한 봉투였다. 서찰! 그것도 꽃무늬 고운 연서가 분명했다. 잠시 멈췄던 채운이 껄껄 웃으며 봉투를 받아 도포 소맷자락에 넣으며 말했다.

"걱정 말거라! 내 은밀히 전하마."

벌떡 일어난 채운이 방문을 열다 말고 다시 돌아와 일렀다.

"걱정 말래도! 무슨 말이 들었는지 나는 절대 안 열어 보고 전할 것이다."

채운이 돌아가고 세 식경이 좀 넘어서였다. 다시 관아에 나타난 채운이 서찰 하나를 가지고 설이를 찾았다. 느물느물 웃는 모양이 분이가 그예 물을 수밖에 없는 표정이었다.

"도련님, 오늘은 두 번이나 오시고 무슨 좋은 일이라도 있으십니까요?"

대답도 않고 다시 능청스레 웃던 채운이 설이 방에 들며 중얼거렸다.

"겨울보다 봄이 먼저 올 참이구먼!"

그러나 사촌 누이를 놀리려던 채운의 계획은 이내 헛헛해졌다.

"이모님께서 급한 전갈이 있으셨나 봅니다."

단우에게 받아 온 답장인 양 설이를 실컷 곯린 후에 건넬 참이던 편지는 벌써 설이 손에 건너가 있었다. 단우에게 편지를 전하고 돌아간 집에서 어머니께 심부름을 받아 다시 설이에게 뛰어온 채운이었다.

"이번엔 또 어찌 알았누?"

"시전지를 보고 알았습니다. 그것은 이모님이 쓰시는 것이니까요."

빙그레 웃는 설이가 재미없어 채운은 발딱 일어섰다.

"급한 전갈이라 하시더라. 사월이를 보낸다는 걸 널 놀리려고 대신 왔더니만, 너는 참말이지 이 오라비의 보람을 전혀 생각지 않는 동생이로구나. 되었다, 나는 이제 가마! 네 연서는 당사자에게 잘 전하였으니 걱정 말거라."

설이는 연 씨 부인의 편지를 서너 번이나 거푸 읽었다. 그리고 연상 서랍에 넣으며 조그맣게 혼잣말을 했다.

"어쩌자고 하필이면⋯⋯."

三.

　다음날, 분이는 아침을 먹자마자 관아 누각 앞으로 나가 가마를 기다렸다. 문지기 포졸들에게는 미리 설이 아기씨의 손님이 올 거라 일러둔 후였다. 연신 발을 구르며 입을 오물거리는 분이 곁을 지나던 돌이가 놀렸다.

　"너는 애도 아니고 뭘 그리 오물거리며 먹는다니? 엿이야?"

　"엿 같은 소리 한다. 쓸데없는 소리 말고 들어가 네 일이나 해. 정신 사납게 쏘다니지 말고."

　"아따, 지지배! 말하는 것 좀 봐라. 아주 없던 정도 딱 달라붙겠다. 뭐? 진짜 암것도 안 먹는 거야?"

　답답한 분이가 돌이 눈앞으로 얼굴을 들이밀며 입을 벌렸다.

　"자, 보라고! 아무것도 안 먹었다고. 그냥 안 까먹게 연습하는 거라고."

버럭 성을 내던 분이 목소리가 점점 기어 들어갔다. 이리 가까이 돌이 얼굴을 보고 있자니 갑자기 얼굴이 확 달아오르며 가슴이 뛰었다. 이상하기는 돌이도 마찬가지였다. 응당 더 크게 대거리를 하거나 놀려 먹을 만한데 말이 없다. 어디 한 대 맞은 놈처럼 멍하니 분이를 쳐다보고 섰다. 결국 돌이는 피식피식 웃어 대는 문지기 포졸들한테 볼멘소리를 하고 팩 돌아섰다.

"거참! 아주 구경이 신이 나지, 아재들?"

겨우 마음을 가라앉힌 분이는 숨을 내쉬고 연습하던 말을 다시 입으로 되뇌었다. 조금 있으려니 사인교 하나가 관아 앞으로 다가왔다. 분이가 가마 옆으로 붙어 서자 창문이 삐뚜름하게 열리더니 가는 소리가 들려왔다.

"아침에 숙유를 만들었습니다."

침을 한 번 삼킨 분이도 내내 연습했던 말을 나지막이 내놓았다.

"예, 우리 아기씨도 백아순을 아주 좋아하신답니다."

분이가 고개를 끄덕이자 포졸들이 가마를 들여보냈다. 별채까지 들어온 가마에서 반백의 여인 하나가 내려 설이 방으로 드는 동안 분이는 숨도 제대로 못 쉬었다. 몸에 배인 조심스러움이 옆에 서 있기만 해도 묻어날 듯했다. 방문을 닫고 그제야 숨을 내쉰 분이는 가마꾼들을 내보냈다.

"분이 너는 미리 다과만 준비해 두고 여긴 들지 말거라. 별채 바깥에서 우리를 좀 지켜 줘. 알았지?"

무엇으로부터 별채를 지키라는 건지도 모르고, 분이는 그저 고개를 끄덕였다. 설이가 가마를 타고 온 손님에게 해야 한다고 일러 준 말이 너무 어려워서 미처 궁금할 새도 없었는데, 지금 생각하니 참으로 궁금하다.

'대체 저 마나님은 누구래? 엄청 높은 가문 사람 같아 보이긴 하는데……'

과연 숙부인 조 씨는 한눈에도 사대부가 여인이었다. 다른 일도 아니고 역모에 휘말린 남편의 귀양으로 수년 간 고생한 흔적마저도 남다른 기품처럼 여겨졌다. 그러나 고매한 숙부인에게서는 아무 말도 나오지 않았다. 설이는 다과를 권하며 방 안의 조용한 공기를 걷었다.

"바람이 제법 찬 날입니다. 오시느라 고생은 않으셨는지요?"

숙부인은 찻잔을 내려놓으며 그저 고개를 저었다. 아무래도 쉬이 이야기가 시작되지는 않을 듯했다. 찬찬히 사이를 두고 설이는 차를 마셨다. 차마 입을 떼지 못하는 손님의 불안함이 안쓰러웠다. 차를 다 마신 설이가 다기를 정돈하며 입을 열었다.

"이모님의 서찰에는 서정리에 사시는 오랜 동무라고만 말씀하셨지만……"

눈빛이 흔들렸으나 숙부인은 그때까지도 침묵을 지켰다.

"얼마 전에 집안에 혼례가 있었다 하시기에, 그저 소녀의 짐작으로 유영재 도련님의 장모 되시는 숙부인 마님이라 여기고 있습니다. 옳은지요?"

가만 고개를 끄덕이던 숙부인의 입에서 조그만 한숨이 툭 떨어졌다. 그러나 역시 말문이 터지진 않았다.

"늦었지만 혼례를 감축드립니다. 따님이 가까이 계시니 여러모로……."

설이의 말을 자르고 숙부인 입에서 거친 소리가 뛰쳐나왔다.

"제 딸이 아닙니다. 제 딸이 아니더이다. 어찌, 어찌 이럴 수가 있을까요?"

덜덜 떨리는 숙부인의 손등으로 눈물이 떨어졌다. 가만 그쳐 있던 설이가 숙부인 곁으로 다가가 손수건을 건넸다. 숙부인은 설이가 손을 잡으니 그제야 정신이 드는 듯했다.

"무례함을 용서하시오. 도저히 마음을 추스르기 어려워 몇 날 며칠 어찌할 바를 모르다 연 씨 부인께 연통을 드렸다오. 일전에 연 씨 부인이 질녀를 자랑하시기에 들어 보니 규방에 들어앉았어도 살인 사건까지 풀어내는 슬기가 아주 대단타 하시더이다. 하여 어찌어찌 핑계를 대어 설이 낭자를 만날 수 있게 해 달라고 했지요. 부디 이 모든 이야기를 비밀로 간직한 채 사건을 풀어 주신다면 참으로 각골난망, 그 은혜를 잊지 않을 것이오."

설이는 아무 말 없이 숙부인 손이 든 제 손아귀에 힘을 주며 고개를 끄덕였다. 그리고 아직도 온기가 남은 찻물을 부어 숙부인 앞에 내려 두고 경상 앞에 가 앉았다. 숙부인은 눈물을 닦아 내고 이야기를 시작했다.

"딸아이는 속이 깊은 아이였습니다. 나이 열둘에 집안이 뒤집혀 아비와 오라비들을 잃고 우리 둘만이 도망쳐 타지를 떠돌면서도 내 앞에서 소리 내어 울어 본 적이 별로 없습니다. 타지에서 희망 한 자락 없이 죽은 듯 살아 내는 동안 딸아이가 아니었다면 나는 견뎌 낼 수 없었을 것입니다. 남은 딸아이를 위해 나는 밥을 먹고 잠을 자고 바느질을 해 목숨을 구걸하였습니다. 허나 돌아보니 내가 아니라 그 아이가 나를, 그 힘든 세월을 보살피며 데려가고 있구나 깨달을 정도였지요. 어느 날 동리로 찾아온 유 진사의 이야기를 외면했던 나를 설득한 것도 윤이였습니다."

숙부인은 돌아간 대감의 추증 소식도 그 무렵에야 알게 되었다고 했다. 확실치 않은 일이었다. 만약 추증이 아니 된다면 그나마 숨어 보전한 목숨값을 치러야 할지도 몰랐다. 그간 헤쳐 온 시련들이 낱낱이 곱씹어지며 저절로 고개가 저어졌다. 그러나 딸 윤이는 생각이 달랐다. 추증이 아니 된다면 더더욱 이것이 기회임을 헤아려야 한다고 어머니를 설득했다. 이미 마음을 정한 윤이는 유 진사의 추진에 보이지 않는 힘을 보탰다. 드디어 추증이 이루어지니 숙부인은 한층 아득해지는데, 딸 윤이는 외려 밝아졌다. 혼사를 서두르는 유 진사에게 절차를 따져 가며 하나하나 나아가게 한 것도 실은 숙부인 뒤에 숨은 윤이였다. 되는 일과 아니되는 일을 분명히 정하여 사대부의 체통에 어긋나지 않게 요구하고 또 들어주었다.

"그리 혼례까지 올리고 보니, 이제 나는 아무 한도 없더이다. 마음에 맺혔던 설움과 원망 다 내려놓고, 딸아이 가까이서 외손주 품어 가며 가만가만 늙다 죽는 일을 빼놓고는 아무런 소망도 갖지 않는 것이 옳다 여겼습니다. 그런데 사돈댁에 갔다가 기함을 하고 주저앉았습니다. 내 딸이 아닙디다. 윤이가 아닙디다. 생전 처음 보는 웬 여자가 유 서방의 아내가 되어 살고 있습디다. 에미를 보고도 몰라보는 딸이 세상천지 어디 있답니까?"

시어머니가 어서 사돈 마님을 방으로 모시라는 말을 하기 전까지 그 여인은 숙부인을 전혀 모르는 눈치였단다. 방에 들어서도 한시도 둘이 있지 않고 사위와 함께 대접하며 예를 갖추는데, 숙부인은 물을 말도 할 말도 찾을 수가 없었단다. 집으로 돌아가려 가마에 오르다 그예 다리가 꺾이는 숙부인을 부축하면서도, 여인은 숙부인의 눈을 쳐다보지 못했단다.

"도대체 이것이 무슨 일이랍니까? 내 딸 윤이는 어디 있는 것일까요? 내 딸을 좀 찾아 주시오."

있을 수도 믿을 수도 없는 일을 털어놓는 숙부인의 오열은 쉬그치지 않았다. 저러다 혹시 정신이라도 놓을까 걱정이었다. 설이는 숙부인을 보고만 있다 분이를 불렀다.

"분아, 바깥에 있느냐?"

두꺼운 한지를 바른 문을 건너 분이의 목소리가 작게 들려왔다.

"예, 아기씨! 여기 있습니다."

"찻물이 많이 식었구나. 물을 다시 내오는 게 좋겠다."

과연 밖의 기척을 끌어들이자 숙부인은 정신을 모았다. 분이가 데운 찻물을 가져와 내려놓자마자 설이가 일렀다.

"손님께서 타고 가실 가마를 준비해 다오."

궁둥이도 못 붙이고 도로 나온 분이는 외아 쪽으로 급히 뛰었다. 감정을 추스른 숙부인이 가져온 보따리를 밀며 몇 마디를 더 하는데, 설이는 다른 말을 물었다.

"외람되오나 사돈댁에는 무슨 일로 다녀오셨습니까? 약속된 방문이 아니었는지요?"

"능평에 들렀다 우연히 사돈어른을 뵈었다오. 한사코 거절하여도 부득불 모신다고 하기에 몇 번이나 망설이다 들어섰지요. 우리 윤이, 친영례였으니 혼인날 가마 타고 나간 후로는 한 번도 못 보았다오. 혼례 전에 나와 약속하기를 시집살이 3년간은 절대 아니 보기로 하였지만, 그날은 사돈어른도 자꾸 청하시고 또 윤이가 너무 보고 싶어서……."

숙부인은 눈가에 다시 맺힌 눈물을 닦아 내며 설이에게 간곡히 부탁했다.

"부디 이 이야기는 밖으로 새지 않도록 해 주시오."

"혹여라도 따님께 또 사돈댁에 해가 될까 염려하시는 마음을 잘 알겠습니다. 사돈댁에서 뵈었다는 따님이 아닌 분께도 바로 그런 연유로 따져 묻지 않으셨겠지요. 이 일은 숙부인과 저, 둘만이 아는 것입니다. 그러니 우선은 마음을 단단히 하고 좀 쉬시는 편이 좋겠습니다. 수일 내에 연락을 드릴 것입니다."

일어서는 숙부인에게 설이가 말끝을 흐리며 물었다.

"혹 윤이 아씨가 좋아하시던 것이 있는지……. 이를테면 쌍육이나 언문 소설도 좋고, 아니면 거문고던가……."

"그나마 목숨 부지한 것을 다행으로 여기며 삶을 구걸하는 사이에 그런 여유는 없습디다. 책에 붙을 눈이 있고 쌍육 놀 손이 있었다면 아마도 한 땀 바느질에 썼을게요. 제법 솜씨가 알려지고 나서는 일감이 끊이지 않았고, 자수는 멀리서도 손님이 찾아왔으니. 그리고 우리는 그 예전에도 성비聲婢. 노래나 연주를 하는 여종까지 거느리는 사치는 누리지 않았다오. 소리니 거문고니 이 무슨……."

다시 먹먹해진 숙부인은 설이의 대꾸를 기다리지 않았다. 한참을 그리 섰던 숙부인이 장옷을 쓴 채 방문을 열었다. 가마가 준비되었다고 이른 분이의 말이 끝나기도 전이었다.

배웅도 않은 채 설이는 그저 깊은 생각에 빠져 있었다. 관아 바깥에서 멀어지는 가마를 지켜보다 다시 별채로 든 분이가 물었다.

"그런데 저것은 무엇입니까, 아기씨?"

"무어?"

"저 보따리요. 손님이 두고 가신 듯한데요."

분이가 자수 보자기를 경상 위로 올려 찬찬히 끌렀다. 금방 썰어 낸 비계처럼 보드라운 두부였다. 분이도 적잖이 놀랐는지 말을 더듬으며 물었다.

"두, 두부예요, 아기씨! 혹시 그 마나님이 말씀하셨던 순유 아니, 수, 숙유가 바로 이 두부를 이르는 것입니까?"

"응, 숙유도 백아순도 모두 두부의 다른 이름이란다."

두부를 보는 설이의 눈길이 걱정스러워 분이는 일부러 명랑한 소리를 냈다.

"아따, 어렵기는! 그냥 두부라고 하면 다 알아먹을 것을요."

숙부인 말로는 도망 중에 숨어든 산속 암자에서 어느 비구니에게 배운 두부라고 했다. 느닷없이 몰려와 으름장을 놓으며 두부를 내라는 양반들만 아니었다면 게서 눌러살았을지도 모를 적막한 절이었다고 했다.

"윤이가 뜨거운 두붓발을 참으로 좋아해서……."

혼잣말처럼 남겨진 숙부인의 목소리가 아직도 귓가에 남았다. 참으로 오랜만에 본 두부가 아주 익숙한 느낌으로 앉았다.

언니는 뜨거운 두붓발이 아니라 들기름에 막 지져 낸 두부를 좋아했다. 간장을 찍을 것도 없이 뜨거운 두부를 후후 불어 가며 끊어 먹었다. 명절이나 제사가 아니라면 맛보기 힘든 이 귀한 두부를 분이네는 언니의 생일에도 쑤었다. 제 배로 낳지 못한 딸에게 주는 어머니의 선물은 물렁했으나 따끈하고 부드러웠다.

혼인한 첫해, 언니의 생일에도 어머니는 두부를 쑤었다. 도망이라도 치듯 뛰쳐나온 언니의 친정 나들이를 예상이라도 하고 있었던 양. 그러나 언니를 보고 가장 불안해한 사람은 바로 어머니였다. 형부를 따라 억지로 일어서는 언니를 보내며 어머니는 가슴을 쓸었다. 얼마 후 언니의 임신 소식에 모처럼 평온해진 어머니는 그 두어 달이 못 되어 다시 가슴을 쓸며 언니를 맞았다. 아기를 유산한 언니가 친정에 오던 그 날도 부엌에서는 콩물 끓이는 냄새가 진동했다. 그러나 언니는 두부를 먹지 않았다. 고기가 들어간 미역국도, 쌀로만 질게 지은 밥도 입에 대지 않았다. 그렇게 먹지도 자지도 않고 사나흘을 울던 언니는 밤이 되어도 방 안에 불을 놓지 않았다. 그 좋아하던 책마저 위로가 아니 되는 듯했다. 이레가 지나 시가에서 언니를 데려가려고 사람이 왔다. 좀 더 데리고 있자던 어머니께 아버지가 호통을 치자, 언니는 말없이 나와 가마를 탔다. 흐트러진 옷매무새, 빗지도 않은 머리 그대로였다.

四.

　단우는 두문불출이었다. 채운은 바로 그것이 마음에 들지 않았다. 외할머니가 한양으로 올라가신 지 이틀이나 지났건만, 단우는 채운에게 달려오지 않았다.

　"사내가 되어 여인에게 연서를 받았으면 마땅히 응답이 있어야 할 것을……."

　설이에게 어찌 대꾸할지 몰라 망설이고 있을 단우가 재미났던 것도 딱 어제까지였다. 벌써 맘을 열어 보인 사촌 누이 생각도 해야 했다. 아무리 똑똑한 아이라지만 사내에게 거절당하는 일이 아무렇지 않을 리 없다. 무엇보다 채운은 제가 좋아하는 두 사람 사이에 어색한 불편함이라도 생길까 벌써 걱정이었다. 이런저런 혼잣말을 하던 채운이 그예 책을 덮고 일어섰다.

　단우는 아버지께 불려가 있었다. 벌써 오래된 듯했다. 방 안으로 들어온 차에서 계피 향이 올라왔다. 차를 마시던 채운의 눈에 까맣게 젖은 붓이 들어왔다. 벼루도 정돈하지 못하고 불려 갔으니, 어쩌면 저 서안에 단우가 설이에게 보낼 답장이 누웠는지도 모를 일이었다. 채운이 목을 길게 빼고 가자미눈을 해 가며 서안을 살필 때였다.

"오래 기다렸는가?"

움찔하는 채운에게 단우가 물었다.

"왜? 무슨 일이라도 있어?"

헛기침을 멈추고 찻잔을 홀랑 비운 채운이 큰소리를 냈다.

"이 집은 도대체 점심을 언제 먹는가? 귀한 손님 배고파 돌아가시겠네!"

조려 낸 은어와 노릇한 부각으로 감투밥을 비우는 동안 채운은 말을 아꼈다. 결국 단우가 멋쩍은 소리를 냈다.

"외할머님이 매파를 보내는 것이 어떻겠냐는 말씀을 하셨대서, 아버님이 그 일로 내게 물으셨다네. 그런데 정작 그 이야기보다는 바둑이 길어져서 말이야."

"매파?"

단우에게는 바둑이었으나, 채운에게는 매파가 문제였다.

"자네, 장가드나?"

"외할머님이 보시기엔 마땅한 처자라 여기시니 권하시는 게지."

"외할머니 말고 자네 이야기를 좀 해 보게. 그럼 우리 설이는 어쩌란……."

　내놓고 나니 머쓱해져서 채운은 급히 입을 닫았다. 채운을 건너
보던 단우가 서랍에서 편지 하나를 꺼내 건네주었다. 며칠 전 채
운이 단우에게 건넨 바로 그 편지였다. 알면서도 채운은 물었다.

　"무엇인가?"

　"설이 낭자가 내게 보낸 것일세. 열어 보게."

　채운이 잠깐 망설이다 꺼내 든 편지에는 아무 흔적이 없었다.
한문이든 언문이든 있어야 할 먹이 없었다. 앉았든 섰든 누웠든,
아무튼 놓인 글이 아무것도 없었다. 그저 빈 시전지뿐이었다.

　"이게 무언가? 무슨 뜻인가?"

　채운의 말에 단우가 되물었다.

　"자네도 역시 그렇지?"

　이상하게 눈에 익은 시전지다 했더니, 과연 지난 번 단우가 설
이에게 선물한 것이었다. 이를 깨달은 다음 단우의 생각은 두 가
지였단다.

　"처음엔 설이 낭자가 내게 편지를 잘못 보낸 게 아닐까 하고 생
각했네. 착각하고 아무것도 쓰지 않은 편지를 봉투에 넣었다고
말이야. 그런데 생각할수록 그건 아닐 거라는 마음이 들었네. 다
른 사람도 아니고 설이 낭자가 그런 실수를 했을 리 있나. 그리
생각하니 이건 에둘러 거절의 마음을 보낸 것이 아닐까 싶네. 시
전지를 선물로 준 이에게 아무것도 쓰지 않은 시전지를 돌려보냈

다는 것은 연서를 쓸 마음이 없다는 것 아니겠는가?"

채운도 헷갈렸다.

"그런가? 그렇다면 어찌 일을 이리 복잡하게 만드는가? 그냥 거절하면 될 것을!"

고개를 천천히 끄덕이던 단우가 고개를 갸웃하다 갑자기 웃음을 터뜨렸다.

"하하! 알았네, 알았어! 내 설이 낭자의 뜻을 이제야 알았네. 참말 우습기도 하지, 하하하!"

실없이 따라 웃으며 채운이 물었다.

"무슨 말인가? 좀 알아듣게 이야기해 보게."

"자네 말을 들으니 그렇지 않은가? 설이 낭자가 도대체 무엇을 거절한단 말인가? 허락한다면 또 무엇을 허락하고? 바로 그것일세! 설이 낭자는 바로 그 무엇을 내게 묻고 있는 걸세. 그것을 낭자가 내게 먼저 물었어. 이 아무것도 적히지 않은 시전지에 말이야. 설이 낭자가 내게 묻고 있단 말이지, 허허허!"

도대체 뭔 소린지는 모르겠으나 아무튼 채운은 신이 나서 벼루에 먹을 가는 친구를 기다려 주었다. 그러나 단우는 해거름이 되도록 답신을 완성하지 못했다. 완성은커녕 시전지에 한 자도 적지 못한 친구에게 채운이 고요히 일렀다.

"내일은 말이지, 자네가 내게 오게."

그러나 다음 날에도 단우는 연서를 쓰지 못했다. 집으로 와 달라는 채운의 전갈은 기침도 전이었다.

"도련님, 채운 도련님이 급히 뵙자 하십니다. 댁에서 기다리신 다고요. 저는 설이 아기씨 심부름을 왔다 돌아가는 길에 들렀구 먼요. 그럼 있다 관아에서 뵙겠습니다요."

꿈결로 쳐들어온 돌이 목소리는 설었지만 매끄러웠다. 그 좋은 돌이 목소리가 귀 언저리에 남아 서너 번쯤 그네를 타는 동안 단 우는 벌떡 일어나 앉았다.

"뭐, 관아에?"

반짇고리에서 덜어 낸 천은 각각으로 고운 자투리뿐이었다. 조각보가 아니라면 쓸모를 찾기 힘들어 보였다. 시접을 넣어 뜨끈한 인두로 문지르자 곱단하게 감이 굽어졌다. 설이는 침낭에 늘어선 세요 각시를 하나 골라 실을 꿰고 색색 천을 맞대어 땀을 뜨기 시작했다. 엄지에 쓴 감토 할미가 가끔 세요 각시에게 잔소리할 때를 빼고는 그저 잠잠한 밤이 흘렀다.

"합력하여 선을 이루나니……."

바느질에 마음을 쏟던 설이가 저도 모르게 중얼거렸다. 서로에게 붙어 고운 덩어리를 키워 가는 조각보에 손을 내려 둔 채였다. 아직도 까만 동쪽 하늘에 계명성이 올라오고 있었다.

"아기씨! 여태 바느질을 하셨어요? 어라, 보자기를 벌써 두 개나 만드셨네!"

아침에 들어온 분이가 깜짝 놀라 묻자 설이가 고개를 들었다.

"응, 그런데도 아직 많이 남아서 더 큰 걸 이어 붙여 보려고. 돌이한테 심부름 좀 부탁해야겠다. 채운 오라버님께 가서 내게 좀 다녀가시라 일러 달라고 해. 되도록 빨리 말이야. 단우 도련님도 함께 오시면 더 좋겠다고. 지금 다녀올 수 있겠지?"

분이가 급히 돌이를 찾아 나서는 걸 보고 설이는 소매를 걷었다. 세숫물이 기분 좋게 찼다. 설이는 경대를 내려 매무새를 살핀 후 일어섰다. 근래 들어 기침이 늦어지는 아버님께 탕약을 직접 올리는 설이였다. 별당 마당으로 내려서는 설이를 바라보고 까치가 입이 찢어져라 울었다.

'반가운 손님을 청한 줄 너도 벌써 안단 말이지?'

물기를 품은 바람이 마른 잎들을 떨어뜨렸다. 어쩌면 마지막일지 모를 가을비가 혹은 설이를 도울 첫눈이 슬슬 채비 중이었다.

긴박한 청에 걱정이 되어 잠도 다 깨기 전에 달려온 채운과 단우는 관아 앞에서야 정신을 차렸다. 경황없이 온 채운은 배가 고팠고, 연서 없이 온 단우는 겸연쩍었다. 다행히 마중 나온 돌이가 서두르는 통에 둘은 앞서거니 뒤서거니 별채로 들었다.

"도련님들, 어서 방으로 드셔서 진지부터 잡수셔요. 아기씨는 영감마님과 아침을 자시고 오실 거랍니다."

주인 없는 방 안은 따뜻했지만 의외로 어지러웠다. 반짇고리에서 나온 규방 친구들이 보료 쪽에 모여서 고요한 수다 삼매경이었다. 잠시 주춤거리던 채운이 밥상 앞에 앉으며 친구를 끌었다.

"오호라, 벌써 동아 된장국이로세! 시장한데 참말 잘되었네. 우선 먹고 걱정하세."

단우도 부지런히 수저를 들었다. 토란찜에 소라젓도 입에 딱 달라붙는다. 건건하게 먹고 나니 텁텁하다 싶은데, 기특한 분이가 얼른 박하차를 들였다. 조금 뒤 설이가 방으로 들어섰다.

"오라버님들, 안녕하셨습니까? 아침은 잘 잡수셨고요?"

채운이 입맛을 다시며 설레발을 쳤다.

"잘 차려 주었으니 잘 먹었지. 그런데 도대체 무슨 일로 아침 댓바람부터 우리를 불렀느냐? 무슨 큰일이라도 났나 싶어 아주 한걱정을 하고 있었다."

가만히 웃던 설이가 일렀다.

"실은 오라버님들께 의논드릴 것이 있어서요. 엊그제 아버님께 매파가 다녀갔답니다. 저로서는 오라버님들께 그 상대를 여쭈어 보는 것 외에는 달리 알아볼 방법이 없어 말입니다."

채운도 단우도 눈이 똥그래져서는 할 말을 잊었다. 느닷없이 따귀라도 한 대 맞은 양 정신이 아득했다. 방 안에 침묵이 흘렀다.

"어느 댁 자제라 하오?"

그래도 단우가 먼저 입을 열었다. 눈은 바닥에 떨어뜨린 채였다. 채운 역시 궁금한 얼굴로 설이를 보는데, 슬며시 웃는 설이의 입가가 동그맣다. 평소 설이를 두고 생각하면 아무래도 수상한 일이었다. 그제야 무언가 알아챈 듯 후닥닥 일어난 채운이 방문을 열어젖히고는 소리를 질렀다.

"내 이럴 줄 알았다니까! 단우야, 초설이다, 초설!"

그제야 눈을 든 단우가 밖을 내다보니 음전한 문살 너머 꽃 그림이 펼쳐졌다. 단풍 매단 가지 위로 하얀 꽃들이 피었다 떨어진다. 겨울보다 앞서 달려온 첫눈이었다.

"우리가 설이한테 톡톡히 당했네. 초설 나리는 날에는 나라님을 속여도 용서를 받는다 하지 않던가. 오라버니 체면치레는 못했으나 어쩌누. 껄껄 웃고 마세."

단우 눈으로 생글생글 웃는 설이가 들어오는데 기가 막혔다. 생각 같아서는 그 자리에서 벌떡 일어나고 싶은데, 바로 저 얼굴이 어찌나 그리웠던지 외려 두근대는 제 가슴이 참으로 기가 막혔다.

"오라버님들, 너무 노여워 마셔요. 제가 더 재미난 장난을 준비해 둔 것이 있답니다."

설이의 말이 끝나자마자 분이가 놋그릇을 가지고 들어왔다.

"여기에 눈을 담아 영재 도련님께 선물하심이 어떨까요?"

벌써 신이 난 채운은 엉덩이가 들썩들썩했다.

"그래그래, 그것 재미있겠다. 그 친구 아마 아직도 자리에서 아니 일어났을 게야. 그 늦잠꾸러기, 신혼 꽃잠에 오죽하려고! 어서 서둘러 가세, 큭큭큭!"

정성을 들여 보자기를 묶던 설이가 하나는 채운 편에 또 하나는 단우 편에 들렸다.

"외람되오나 단우 도련님의 것은 제가 영재 도련님의 귀부인께 전하는 것이랍니다. 실은 서정리에 계실 때 제게 먼저 기별을 주셨는데 이번 기회에 더욱 친히 지내볼까 하고요. 저란 말씀은 마시고 그저 누군가 전해 달라고만 했다 일러 주셔요. 여자들끼리는 이런 은밀함이 더욱 소중한 우정이 된답니다."

단우가 받아든 보자기는 색색으로 정성을 들인 조각보였다. 검은 공단으로 질끈 묶은 채운의 것과는 과연 그 품이 달랐다. 벌써 댓돌에 내려선 채운은 그제야 엉거주춤 일어서는 단우의 서운함을 읽고 분이에게 손짓을 했다. 분이가 얼른 채운을 향해 방을 나서자 헛기침을 하던 단우가 설이에게 나직이 일렀다.

"낭자에게 건넬 편지를 아직 다 쓰지 못했소이다. 미안하지만 좀 더……."

"서두르지 마십시오. 그보다 심부름을 드리는 것 같아 송구합니다만, 부디 잘 전해 주셨으면 합니다."

점점 약해지는 눈발에 채운은 뛰다시피 걸었다. 몇 번이나 넘어질 뻔하면서도 내내 웃는 얼굴이었다. 그러나 단우는 영재의 집이 가까워질수록 이상하단 생각이 들었다. 첫눈 오는 날 장난치고는 너무 정교한 것이 마음에 걸렸다. 눈이 내리지도 않던 새벽녘부터 와 달라는 기별 또한 짚어 보자면 수상했다.

'그래도 뭐 어떻든 낭자를 보았으니까…….'

단우는 속으로 생각하며 고개를 털었다.

채운의 생각대로 영재는 아직 한밤중이었다. 마당쇠에게 급한 일이 터졌으니 당장 서방님을 모셔 오라 하고 채운은 헤실헤실 웃었다. 과연 세수도 못 하고 끌려 나온 영재가 사랑방으로 들자마자, 채운은 보따리를 안겨 주며 일렀다.

"자네 생일을 잊은 걸 어제야 기억해 냈지 뭔가? 늦게라도 이리 선물을 가져왔으니 얼른 열어 보시게."

아직도 잠을 털지 못한 영재가 부은 얼굴로 보자기를 풀어 놋그릇을 열었다. 거의 녹은 채 정수리만 하얀 눈이 영재를 쳐다보고 있었다. 분명 눈이었다. 그제야 장난을 알아차린 영재가 끅끅대며 웃다가 일렀다.

"그래, 알았네! 내 자네들한테 거하게 한 상 대접하도록 하지. 어디 그뿐인가? 가실의 귀하디귀한 거문고 소리도 들려줌세. 딱 기다리고 있으시게, 큭큭!"

영재는 한껏 신이 나서 사랑을 나갔다. 이제 떡 벌어진 한 상에 팔불출과 그 각시까지 신난 구경만 남은 참이었다.

그러나 눈발이 그치고 해가 중천에 들도록 사랑방에는 아무도 들지 않았다. 아까 들인 다과상 감주 그릇에 붙은 밥알을 다 긁어 먹도록 대접하는 음식도 주인도 문을 열고 들어오질 않았다. 영재가 마음을 먹고 친구들을 곯리는 게 아니라면 수상한 일이었다. 결국 채운이 문을 열고 나가 소리를 질렀다.

"여봐라! 아무도 없느냐?"

아까 마당쇠가 뛰어와 일렀다.

"지, 지금, 광에서 큰일이 나서 군관들이 곧 올 것입니다."

마당쇠는 몹시 허둥대고 있었다. 아무래도 무슨 변고가 있는 듯했다. 채운이 마당쇠를 다그쳤다.

"군관들이 온다니 왜? 광에 도둑이라도 들었는가?"

"그게 아니라 웬 사내가 죽어 있는 것을……."

채운과 단우의 입이 동시에 떡 벌어졌다. 갑자기 이 무슨 해괴한 일인가?

"뭐? 누가 죽었는데?"

"그것이 이 집 사람이 아니라서 누군지는 모르옵고, 아무튼 지금 관군들을 청하고 기다리는 중입니다. 저는 얼른 의원님께 가봐야 해서 이만……."

영재는 그러고도 한참 후에야 사랑으로 건너왔다. 창백한 얼굴엔 핏기가 하나도 없었다. 대체 무슨 일인지를 묻는 친구들에게도 금방 대답을 하지 못했다.

"광 앞에 한 사내가 죽어 있었네. 우리 식구도 아닐뿐더러 하인들조차 알지 못하는 사람이라 일단은 관아에 알려 시체부터 치우고 조사를 행할 참이네. 마침 아버님도 출타 중이신데 이런 일이 일어나니 정신이 없네그려. 무엇보다 가실이 걱정되어……."

영재는 미간을 찌푸리며 말을 이었다.

"하필이면 그 험한 꼴을 가실이 제일 먼저 보았다지 뭔가. 복순네와 장독대로 가다가 그 꼴을 보고 바로 쓰러졌다더군. 의원 말로는 너무 놀라 그러하니 걱정은 말라는데, 자리에 누워서도 무서운지 계속 울고 있다네."

아무도 모르는 사내가 집 안에서 객사한 것만도 끔찍한 일이거늘 하필 그를 갓 시집온 새색시가 가장 먼저 보았다니……. 갑작스레 터진 흉흉한 일에 채운과 단우는 입을 다물지 못했다.

"그래도 일단은 집안사람들에게 일어난 일이 아닌 것이 얼마나 다행인가. 그리 오래지 않아 잘 해결될 걸세. 우리가 도울 일이 있으면 바로 돕겠네. 걱정하지 말고 무엇보다 자네가 부인을 잘 위로해 드리게."

어찌어찌 친구 집을 나선 채운과 단우는 한참을 생각에 빠져 걸었다. 대체 어떤 사연이 있으면 남의 집 광 앞에서 죽는단 말인가? 사람들 말대로 도둑질 왔다가 무슨 어마어마한 일이라도 겪은 것인지 참말 수상한 죽음이었다. 이런저런 생각을 아무리 헤아려 봐도 아무 것 떠오르는 게 없어 머리를 털던 채운이 갑자기 소리쳤다. 거의 집이 가까워서였다.

"참! 자네 설이가 영재 부인에게 전하라던 것은 주었는가?"

"그럼. 자네가 마당쇠 붙들고 큰소리하는 동안 여종을 시켜 은밀히 전했지."

그러고 보니 놀라 몸이 불편해졌다던 부인이 선물을 잘 챙겼을

지 그것도 모를 일이다. 고개를 갸웃거리는 단우를 보며 채운이
소리를 질렀다.

"뭣 하는가? 어서 가서 밥이나 먹세. 하도 황망한 일에 놀라 주
린 배도 몰랐네. 자네는 밥 먹고 연서도 써야 하지 않겠나? 또 연
서도 없이 설이를 보러 갈 텐가?"

六.

"낮잠이라도 좀 주무셨으면 좋겠는데……."

분이의 혼잣말을 얼른 돌이가 받았다.

"아기씨가 언제 낮잠 자는 거 봤어?"

"깜짝이야! 넌 언제 왔냐?"

대답은 않고 코를 찡긋거리던 돌이가 다시 일렀다.

"설이 아가씨가 언제 낮잠 주무시는 거 본 적 있냐고?"

"그건 그런데…… 밤새 바느질 하고 지금도 계속 아니 놓으시니 하는 말이지. 갑자기 왜 그렇게 바느질에 열심을 내시는지 몰라. 그렇다고 옷을 짓는 것도 아니고. 남은 조각 천들을 죄 붙여 보자기를 몇 개나 만들더니, 이젠 방장이라도 만드시려는지 점점 커진다니까. 옆에서 좀 거들까 물어도 되었다고만 하고 말이야. 얼마나 열심인지 곁에 있기도 좀 그렇다니까."

고개만 갸웃대는 돌이에게 분이가 작은 소리로 일렀다.

"아무래도 그때 그 마나님이 다녀가신 다음부터가 수상해. 두부 만들어 왔던 그 손님 말이야."

주위에 혹 엿듣는 사람은 없는지 살핀 분이가 돌이에게 귓속말을 했다.

"나하고도 이상한 암호 같은 걸 주고받고 들이게 하셨다니까. 아가씨께서 나는 방에 들이지도 않으셨다고. 뭔가 비밀 이야기가 오간 게 분명해. 도대체 아기씨가 나한테까지 비밀로 하고 이런 적은 참말이지……."

돌이 귓바퀴에 입술이 닿은 줄만 알았던 분이가 움찔한 사이, 돌이와 분이의 입술이 한 번 더 포개졌다. 돌이의 입술이 깜짝 놀랄 만큼 부드러워 분이는 미끄러져 내렸다. 스르르 쓰러지듯 땅으로 주저앉는 분이를 잡아 안으며 돌이가 일렀다.

"내 마음 알맹이는 온통 너야. 한 번도 네가 아니었던 적이 없어. 우리 내년 봄엔 꼭 혼인하자. 내가 설이 아가씨한테 다 말할 거구면."

분이는 멍한 얼굴로 제 가슴에 손을 붙였다. 아까부터 널을 뛰는 가슴이 터질까 덜컥 겁이 났다. 그러고도 뭐라 뭐라 돌이가 이야기를 하고 외아 쪽으로 나갈 때까지 분이는 돌이 얼굴을 보지 못했다. 한참을 그쳐 있던 분이 어깨로 오소소 소름이 돋았다. 춥고 무서웠다.

"어제는 꼭 바늘이 가운뎃손가락처럼 굴더니, 오늘은 영 힘이 없네. 아무래도 너무 부렸나 봐. 이것 봐, 한참 구부러졌어."

설이가 이르는데도 분이는 아무 말이 없었다. 보자기에서 눈을 떼 보니, 허투루 앉은 분이가 멍하다. 거푸 제 이름이 불리는데도 얼이 빠져 있던 분이는 설이가 붙드니 그제야 고개를 돌렸다.

"예? 아기씨, 뭐 시키셨어요?"

그제야 눈을 맞춘 분이를 보고 설이가 물었다.

"무슨 일 있는 게야? 왜 그리 정신이 빠졌어?"

설이가 분이의 어깨에 가만 손을 내려놓는데 분이가 한숨을 쉬었다.

"왜 그러는데? 무슨 마음 상하는 일이라도 있었어?"

고개를 젓는 분이가 여느 때와 다르다는 것을 알았지만 설이는 다그치지 않았다.

"그럼 바늘쌈지 좀 꺼내 주렴."

분이가 새 바늘을 골라 실을 꿰는 동안 설이가 일렀다.

"감침질을 하면 앞은 땀땀이 잘 붙었는데 뒤집어 보면 시접들이 가름솔로 나뉘어 누웠지. 나는 이게 꼭 마음 같지 뭐야. 아무리 붙어서 하나가 된데도 각자 남은 마음이, 뒤로 감춰 둔 마음이 있단 말이지. 열 길 물속은 알아도 한 길 사람 속은 모른다지? 다른 이는 모르는 내 마음속 마음! 그게 있어. 그 누구가 낳고 길러 준 어머니라 해도 말이야."

설이가 분이에게 바늘을 넘겨받으며 혼잣말을 하듯 물었다.

"너라면 네 어미나 내게도 말하지 못할 은밀한 마음이 어디서 생겨났을 것 같으냐? 도대체 무슨 일이 있었던 걸까? 그것도 혼사를 앞둔 마당에……."

갑자기 분이 눈에서 눈물이 뚝뚝 떨어졌다.

"제가 말을 안 한 게 아니라 너무 무섭고 또……. 아가씨마저도 저를 혼인시키시려고요? 저는 돌이가 싫지는 않지만 혼인은 아직……. 엄마한테는 말 안 했지만, 그런 말을 어찌할지도 모르겠고 더욱 어려운 것은 어찌 돌이를 볼지 모르겠어서……."

분이는 그러고도 한참을 더 중얼거리며 울먹였다. 누군가에게 연모를 받는 처자의 얼굴은 눈물도 빛이 났다. 환한 분이가 참 예뻐서 설이 얼굴에서는 저절로 볼우물이 팼다. 우직한 돌이가 어여쁜 분이 곁에 있어 더욱 도타워질 두 사람. 그 생각만으로도 푸근해지는 설이였다.

"분아, 돌이가 너와 혼인을 하고 싶다든?"

눈물을 닦으며 고개를 끄덕이는 분이가 한결 매초롬하다. 설이가 흐뭇하게 바라보다 말을 이었다.

"돌이가 아니라 혼인이 무서운 게지? 동무가 아니라 사내로 보자니 편치 않아 어색한 게고. 그래도 돌이가 싫지 않다면 한번 휩쓸려 보는 건 어떠냐? 나는 돌이가 꽤 믿음직스러운 사내라 여겨지는데……."

가만 생각에 잠긴 분이를 방해하지 않으려고 설이는 다시 바느질을 시작했다. 세요 각시가 청홍 흑백 천을 잇는 소리만 방 안을 채웠다. 제각각인 자투리들이 서로에게 의지하여 내는 빛이 소란하여 더욱 단아한 보자기가 또 완성되었다. 분이가 슬슬 실패를 정리할 때쯤 밖에서 소리가 났다.

"아가씨, 돌이네구먼요."

설이는 괜스레 눈이 커진 분이부터 안심시켰다.

"내가 부탁한 게 있었어. 들라고 해 줘."

분이가 방문을 열자 누비 장옷을 입은 돌이네가 들어왔다. 설이가 이른 대로 분이는 유자차를 가지러 갔다. 들어오며 잠깐 부엌에 들러 따끈한 숭늉을 마셨다는 돌이네의 손사래에도 설이는 고집을 피웠다.

"내가 마시고 싶어 그러지. 멀리 다녀오느라 고생했네. 알아보라는 일은 어찌 되었는가?"

돌이네가 일렀다.

"동리 근방으로 이름난 침모 중에 남의 집에 들지 않은 사람은 서넛, 그중에 스물이 안 넘은 여자는 얼마 전 혼례를 올렸다는 각시 하나뿐이더만요. 분부대로 삯을 내고 반나절쯤 지켜보았는데, 손끝이 참말 야물었습니다. 짓는 솜씨나 수선이나 자수까지도 나무랄 데가 없어, 우선은 초충도 병풍을 이야기해 두었습죠. 견본으로 베갯모도 몇 개 집어 왔고요."

설이네 침모로 30년이 가까운 돌이네의 눈이라면 믿어도 좋을 터였다. 그런데도 설이는 못 미덥다는 듯 다시 물었다.

"혼례를 올렸다고? 처자가 아니더란 말이지? 도대체 언제?"

돌이네는 바로 입을 열지 못했다. 분이가 들여온 유자차를 손에 들고도 한참 미간을 찌푸리던 돌이네가 일렀다.

"그것이 일자는 잘 모르겠고, 아무튼지 간에 얼마 되지는 않아 보였습죠. 일거리를 맡기러 온 기생 하나가 신혼 재미가 어떠냐며 놀려 먹더라고요. 남편 되는 이가 참으로 살뜰하다며 둘이 웃기도 하고요. 남편 되는 이가 그림을 제법 그려 밑그림을 그려 주면 수를 놓는다는 자랑도 하더구먼요. 초충도 병풍 역시 그리하여 더욱 아름다울 거라고도 했습지요."

설이는 천천히 고개를 끄덕이며 손에 쥔 베갯모를 내려 보았다. 원앙과 맨드라미 문양 말고도 복 자와 수 자가 놓인 글자 무늬까지, 색이며 결이며 땀땀이 잇고 맺은 솜씨들이 정갈하니 맵다.

"단골과 주고받은 이야기들 중에 그 침모에 대한 것은 더 없었는가? 이를테면 친정이라던가 아까 그 기생과의 이야기처럼 남편에 관한 것이라도 말이야. 친구 이야기도 좋고."

눈을 끔벅이며 기억을 가다듬을수록 돌이네는 더 까무룩한 눈치였다. 설이의 채근을 듣고 있으니 더더욱 아무것도 떠오르지 않는 것 같았다.

"알았네. 날도 찬데 수고가 많았네. 가서 쉬도록 하게. 혹여 떠오르는 게 있으면 차후라도 바로 알려 주게. 아주 사소하게 그냥 수다를 떨던 이야기 같은 것도 좋으니 생각나는 대로 말이야. 분이 너도 그만 나가 보거라."

두 사람을 물린 후 설이는 보료에 누웠다. 누워서도 연신 베갯모에 놓아진 붉은 맨드라미 자수를 만지작거리던 설이가 벌떡 일어나 고비를 뒤졌다. 뽑아 낸 두루마리는 일전 연 씨 부인에게서 얻은 그림을 말아 둔 시전지였다. 그리고 농에 넣어 둔 보자기, 숙부인이 두부를 싸 왔던 그 보자기도 찾아내어 보료 위 베갯모 옆에 나란히 늘어놓았다. 과연 달리 피었으나 같은 맨드라미 세 송이였다. 한참을 뚫어져라 내려다보던 설이가 혼잣말을 했다.

"어찌하여 그림까지 내게로 와 피었을꼬!"

잠깐 누웠다 싶었는데 벌써 노을이 지고 있었다. 전에 없던 아기씨의 낮잠이 하도 곤하여 분이가 부러 별채를 고요히 둔 탓이었다. 깨어나 시원한 물을 찾는 설이에게 분이가 일렀다.

"아기씨 주무시는 동안에 관아로 시신이 하나 들어왔답니다. 유 진사님 댁 광 앞에 널브러져 있었다지 뭐예요. 아무래도 도둑놈이 도둑질도 제대로 못 하고 게서 죽은 것 같다고 다들 떠들었답니다."

물그릇을 내려놓다 말고 설이가 물었다.

"유 진사댁? 누구라 하더냐? 어찌 죽었대?"

도둑놈이 어쩌구 하며 얼버무리던 분이를 두고 설이가 밖으로 나가 돌이를 불렀다. 마침 별채로 들던 돌이네가 아들을 불러왔다.

"유 진사네 식솔은 아니라 들었습니다. 다들 얼굴도 처음 보는 사람이라 했답니다. 검험을 해 보니 뾰족한 돌멩이가 뒤통수에 박혀 피가 많이 흘렀다 하네요. 아무래도 뒤로 넘어지며 돌멩이에 머리를 부딪혀 죽은 듯하답니다. 오작사령이 그러는데 쇠못을 불에 달구어 피가 더 나오지 않도록 머리에 박아 두기까지 했답니다."

아득했던 설이 눈이 다시 돌이에게 돌아오자 돌이가 일렀다.

"다모도 불려 갔다 왔습니다. 시신을 맨 처음 발견한 이가 작은 마님이라 해서 유난히 조심스러웠다고요. 많이 놀라셨는지 나중에는 통곡까지 하시더랍니다."

다시 멀어진 설이 눈이 살짝 흔들리다 바닥으로 떨어졌다. 한동안 말이 없던 설이가 조심스레 일렀다.

"시신이 누구인지 확인되는 대로 내게 일러 다오, 바로!"

더 알아보겠다며 돌이가 방을 나서자마자 돌이네가 다가앉았다.

"아가씨! 제가 또 생각난 것이 있는데 또 까먹을까 봐 얼렁 말씀드리려고요. 제가 동리에서 찾은 그 침모 말입니다요. 그 침모 각시 이름이 우렁이랍니다. 그 집 시어미가 그렇게 부르는 걸 똑똑히 들었구먼요."

설이보다 분이가 먼저 물었다.

"우렁이요? 뭔 이름이 그렇대요?"

"그러니깐! 이름 한 번 참말 이상치 않으냐? 시어미가 우리 우렁 아기, 우렁 아기, 그리 부르더라니깐. 사람 이름을 뭐 그리 지었다냐?"

설이가 아무 말이 없자 돌이네가 또 급하게 일렀다.

"그리고 단골이라는 그 기생이 누군가에 대해 물었습죠. 이름은 기억나질 않지만, 아마도 다른 기생 이야기인 듯했습니다. 침모 각시가 데려가 바느질을 가르친대 놓고, 도대체 어디다 팔아먹었느냐고 농을 했습지요. 그리고 기생이 새로 들였다는 나전칠기 농 이야기를 하면서, 그 농을 만든 목수가 아주 잘생겼더란 이야기를 했습니다. 며칠 못 있어 문짝 하나가 뻑뻑한 것 같다고 다시 목수를 불렀는데, 그날 보니 더더욱 잘생겼더라고요. 어깨도 허벅지도 튼실한데 무엇보다 코가 아주 커서, 아무튼 뭐 그런 이야기도 좀 하고. 또 그 동네 방물장수가 포졸 하나랑 붙어먹은 이야기도 하고. 또 동네 왈짜들이 몰려와 투전판을 벌이고 한참을 놀고 갔다면서 이 이야기를 좀 길게 했는데, 제가 마침 소피를 보느라 변소에 다녀오느라…… 아무튼 그랬습니다요."

설이는 돌이네의 이야기를 가만 듣기만 했다.

"애썼네! 도움이 되었어. 역시 돌이네야. 나가는 길에 돌이 좀 다시 불러 주시게."

설이는 바느질감을 밀어 놓고 벼루를 내어 먹을 갈았다. 분이에게는 돌이가 들어오면 나가 봐도 좋다고 미리 일러둔 터였다.

방 안에 들어선 돌이에게서 거친 숨이 올라왔다. 분이에게 붙었던 돌이의 눈은 분이가 냉큼 여닫고 나간 문에 그대로 붙어 있었다. 설이가 나직이 돌이를 불렀다.

"돌아, 동리에 좀 다녀와야겠다. 거기 침모에게 이 서찰을 전해 주렴. 게가 어딘지는 어머님께 여쭈어 보고. 될 수 있으면 빨리!"

"예."

일어서던 돌이가 잠시 머뭇거리다 도로 앉았다.

"아기씨, 드릴 말씀이 있습니다. 제가, 그러니까…… 저랑 분이랑……."

돌이답지 않은 망설임이 외려 미더워 설이는 먼저 말을 놓았다.

"돌아, 찬찬히! 남자가 너무 서두르면 말이지 여자는 도망치고 싶거든."

아기씨와 저 사이에는 비밀이 없다던 분이 말이 떠올라 돌이는 좀 쑥스러웠다. 그래도 확실히 해 두고 싶어 돌이가 물었다.

"아기씨는 제 편 맞지요?"

대답 대신 빙그레 웃으며 고개를 끄덕이는 설이를 보고 돌이 얼굴이 환해졌다. 벌떡 일어선 돌이가 인사를 하고 방문을 열었다.

"재게 다녀오겠습니다."

돌이가 닫은 방문을 냉큼 건너온 찬바람이 설이에게 달려들었다. 다시 반짇고리를 내리던 설이의 손등으로 소름이 돌았다.

七.

"그래 드디어 연서를 완성하셨다?"

채운이 싱긋거리며 놀리는데도 단우는 웃는 낯이었다.

"그래 뭐라 썼는지 이 형님이 좀 읽어 봐야 되지 않겠는가? 어
차피 내가 전할 터인데 아예 자네 앞에서 읽고 평해 주는 것이 어
떤가?"

"무슨 소리! 귀한 친우에게 어찌 이런 성가신 심부름을 시킨단
말인가? 서찰은 김 서방 편에 보낼 것이니 걱정 말게."

"뭐라?"

채운이 빽 하고 소리를 지르는데 바깥에서 기척이 났다. 누군
가 부르는 가느다란 목소리가 들렸다. 열린 방문으로 영재가 들
어왔다.

"어서 오게! 안 그래도 궁금하여 자네에게 들를까 했는데, 먼저

걸음 했네그려. 자네도 소식 들었지? 관아로 옮겨진 시신의 신원
은 아직도 찾고 있는 중이라 하더군. 부인은 이제 괜찮으신가?"

채운의 말에 별 대꾸가 없던 영재가 쓰러지듯 방바닥에 앉더니
한숨을 쉬었다. 두고 보자니 솔솔 건너오는 것이 술 냄새다. 공중
에서 눈을 맞춘 채운과 단우가 걱정스레 물었다.

"자네 술 마신 게야?"

"무슨 일이야?"

한참 동안 한숨을 내쉬기만 하던 영재가 입을 열었다.

"아내가 없어졌네."

그러고도 영재는 한참을 말이 없었다. 무엇을 어찌 물을지 몰
라 채운과 단우가 입을 붙이고 있는 사이, 영재는 벌게진 눈을 주
먹으로 비볐다. 그제야 단우가 물었다.

"대체 무슨 일인가? 부인에게 무슨 일이 있는 게야?"

"내게는 친정에 다녀온다 일렀거든. 그래 이틀이 지나 데리러
갔더니 아내가 친정집에 온 적도 없다는 거야. 장모는 수리산 암
자에 기도하러 간 지 사흘이나 되었다 하고……."

채운이 급히 물었다.

"부인도 송주암에 가신 것은 아닌가? 어머님을 뵈러 그럴 수 있
지 않은가?"

"벌써 사람을 시켜 알아보았지. 걱정하실까 넌지시 알아보았는
데, 계도 없는 것이 확실했네. 갈 만한 데가 어디일까 여기저기 쑤

서 보았네만, 능평이며 서정리며 어디에도 아내가 없는 것 같네."

얼이 빠진 영재의 목소리는 착 가라앉아 있었다.

채운이 다시 소리쳤다.

"그래도 어떻게든 부인을 찾아봐야지 술이나 퍼마시고 다니면 어쩔 텐가? 사고라도 났으면 어쩌려고. 어서 양쪽 집안에 알려 사람도 풀고 관아에도 알려서……"

영재가 말을 자르고 일렀다.

"아무래도 아내가 나를 떠난 것 같으이!"

"대체 무슨 일이 있었던 겐가?"

단우가 물었으나 고개를 숙인 영재는 말이 없었다. 답답해진 채운이 큰 소리로 영재를 부르는데도 영재는 쉬 고개를 들지 않았다. 채운이 그예 영재의 어깨를 잡아채려는 순간 단우가 채운의 손을 붙들고 고개를 저었다. 영재의 도포 자락으로 눈물이 떨어지고 있었다.

"도와주게. 지난 번 지경이 일이 났을 때도 자네들이 돕지 않았나? 이번에는 나를 도와주게. 부디 내 아내를 찾을 수 있게 나를 도와주시게."

눈물을 닦으며 영재가 이르는데 채운이 큰소리를 땅땅 쳤다.

"당연한 소리! 걱정 말게. 우리가 반드시 부인을 찾아 줄 걸세. 그런데 도대체 무슨 일인가? 혹여 부인과 자네 사이에 다툼이라도 있었던 겐가?"

"다툼이라니 당치도 않네. 우리는 혼인한 다음 날부터 아니, 혼인한 그 날부터 한 번도 아니 좋았던 적이 없었네. 적어도 내 기억엔 그러하이. 처음 낯설고 서먹했던 사이도 살뜰한 아내가 먼저 허물었네. 참으로 어여쁘고 다정한 부부로 늙어 가자고. 서로가 한 사람만 바라보자고……."

말을 잇지 못하는 영재가 한숨을 쉬는 동안 채운이 다시 물었다.

"그럼 어찌 이런 일이 생기누? 얼마 전 일어났던 일로 많이 힘드셨던 겐가?"

"워낙 여린 사람이라 많이 놀라서는 울음도 쉬 그치지 못했네. 잠도 못 자고 이틀을 내리 운걸. 그런데도 나아지는 기미가 아니 보여 친정에 가서 안정을 취하라 아버님이 보내신 걸세. 관아에 어렵게 허락까지 얻어서 말이야. 그런데 아내는 친정에는 아예 들르지도 않았다 하니……."

"그런데 자네는 어찌하여 부인이 떠났다고 생각하는가?"

단우의 물음에 망설이던 영재가 일렀다.

"친정으로 가기 전에 나와 인사를 나누던 아내가 이상한 말을 했네. 자기가 너무 고집을 피운 것 같다면서 더는 우겨서는 아니 될 것 같다고 말이야. 죄송하고 미안하다는 말도 하염없이 했네. 건강히 잘 있으라면서 말이야. 그때는 그저 친정에 가게 된 것을 미안히 여겨 하는 말인 줄 알았는데, 돌아보니 꼭 어디론가 떠나는 사람의 이별 인사였네. 그러지 않고서야 어찌……."

아무리 곰곰 생각해 봐도 짚이는 것이 없었다. 무어라 섣부른 예상이나 위로도 어려워 입을 붙였던 단우가 한참 만에 일렀다.

"우선은 부인을 찾는 것이 순서일세. 친정에 아니 가신 것이 밝혀지면 여러모로 위험한 오해들이 발생할 걸세. 비밀리에 부인을 서둘러 찾도록 하세."

채운이 더했다.

"우리만으로는 힘에 부칠 걸세. 복잡한 여인의 마음을 살펴 줄 사람을 찾아가 도움을 청하겠네. 설이 말일세. 그 아이에게 사정을 이야기해도 괜찮겠지?"

잠시 망설이던 영재가 고개를 끄덕였다.

"절대 알려져선 아니 되네. 무엇보다 우리 아버님이나 어머님이 아셨다가는……"

채운이 얼른 말을 받으며 일어섰다.

"두말하면 잔소리! 그보다 영재 자네는 집에 돌아가 혹 돌아올지 모를 부인을 기다리시게. 어른들께는 부인이 친정에서 돌아올 시간을 좀 더 넉넉히 둘러대고 말이야."

설이에게는 묻되 결코 바깥으로 말이 돌지 않게 해 달라고, 영재는 헤어지면서도 거푸 다짐을 두었다. 고개를 끄덕이면서도 채운과 단우는 마음을 놓지 못했다. 어쩌면 범인도 시체도 밝혀지지 않은 사건보다 더 위중한 사건일 수 있는 새색시의 실종이었다. 두 친구는 급히 관아로 향했다.

설이는 이제 바늘방석을 만드는데 애를 쓰고 있었다. 색색 고운 꽃잎마다 통통 차오른 솜 살들이 누가 봐도 어여삐 여길 명주 침낭. 동그란 꽃잎 바늘방석이 막 탄생될 참이었다.

"아기씨, 채운 도련님이 오셨습니다."

가만 멈춘 설이는 찬찬히 골무를 빼고도 답을 하지 않았다. 분이가 도련님들을 기다리게 하고 방으로 들어서자 설이는 그제야 분이에게 일렀다.

"국화차를 내다오."

영재의 부인이 사라졌다는 이야기를 들은 설이의 표정은 복잡했다. 놀랐다기보다는 차라리 근심 어린 얼굴이었다. 바로 그것이 마음에 걸려 단우는 더욱 세심히 설이를 살폈다.

"어찌 생각하느냐? 부인이 참말 영재를 떠난 것일까? 무슨 일이 생긴 건 아니겠지?"

채운의 채근에도 입을 다물고만 있던 설이가 물었다.

"영재 도련님은 어떠십니까?"

"울고불고 난리도 아니지. 귀한 부인을 잃을까 노심초사야. 혼인하고 지금까지 한 번도 싫었던 기억이 없단다. 서로 좋기만 했대. 무엇보다 부모님들 모르게 얼른 부인을 찾아내야 한다고 우리에게 달려왔더라. 영재는 참말로 부인을 연모하고 있단 말이다."

답을 하던 채운의 목소리가 점점 높아졌다. 미간을 찌푸리던 설이가 한참 만에 다시 물었다.

"부인이 타고 가신 가마의 노정은 확인하셨답니까?"

"영재네 가마가 서정리 동구로 들어서자마자 부인이 들를 곳이 있다며 가마에서 내렸다고 하더라. 그리고 조금 있다 몸종 역시 핑계를 대어 집으로 돌려보내고 말이야."

채운이 답을 하는데 듣는 듯 마는 듯 설이의 눈이며 손은 바늘방석에 붙었다. 규방 가운데 또다시 침묵이 흘렀다.

"아이참, 답답하구나! 설이 네 생각은 어떠하냐? 영재의 부인에게 무슨 일이 있는 걸까?"

여전히 답을 못하고 바늘방석만 만지작거리는 설이에게 이번에는 단우가 물었다.

"낭자! 유 진사 댁에서 발견된 시신의 신원이 아직도 해결되지 않았다 들었소. 혹여 영재 부인의 가출이 그와 관련된 것이라면……"

단우가 말을 맺지 못하는 것은 불안감 때문이었다. 만에 하나라도 그와 관련이 없어야 함을 불안 가운데 확인하고픈 마음이었다. 설이가 일렀다.

"아닙니다. 아마도 아닐 것이라 여겨집니다. 그보다는 시집살이가 생각보다 녹록지 않았던 게 아닐까 염려가 됩니다. 새사람으로 들고 나면 얼마간은 더욱 조심스러운 것이 시집살이지요. 험한 일이 있었으니 안팎으로 부대낌이 심했을지도 모르고요. 그렇다고 윤이 아씨 성정에 친정어머님께 힘든 마음을 토로하기는 어려우실 터. 마음을 좀 쉴 만한 장소나 동무를 찾아가신 것은 아닐까 싶습니다. 숙부인이 눈치채지 않도록 제가 슬쩍 그에 대해 여쭌 후에 찾아보는 것은 어떨까요? 숙부인이 계신다는 수리산으로 사람을 보내도록 하겠습니다."

채운과 단우가 고개를 끄덕이는데, 설이가 서둘러 작별 인사를 건넸다.

"오라버님들께는 죄송하오나 몸이 불편하여 좀 누우려던 참이었습니다. 며칠 밤을 새워 바느질을 했더니 아무래도 무리가 된 듯합니다."

"아, 그래? 그럼 어서 쉬어라. 우리는 영재한테 다시 가 봐야겠다. 네 이야기도 일러 주고."

채운이 일어서며 일렀다. 말없이 따라 일어서는 단우에게 채운이 눈치를 주며 먼저 방을 나섰다. 가져온 연서를 주라는 뜻이었다. 그제야 소맷자락에 든 편지가 떠올라 단우 얼굴이 뜨뜻해졌다. 그런데 어쩐지 지금의 상황에서 연서는 퍽 어울리지 않은 듯하다. 그렇다고 가져온 연서를 그냥 가져가자니 시간이 너무 가는 듯하고. 엉거주춤 망설이는 단우를 두고 설이가 일렀다. 낮고 단호한 목소리였다.

"호패를 찾을 수 없다 했습니다. 유 진사님 댁에서 발견된 시신이요. 타지 사람에 쉰이 가까운 남자라 했고요. 손발에 굳은살이며 상처가 유독 심하고 남루한 행색에 더그레를 걸쳤다니, 아마도 궂은일을 했던 사람이 아닐까 합니다. 이이가 능평에서 와서 꼭 들렀을 만한 곳은 아마도 관아에서 벌써 조사가 끝났을 겝니다. 헌데도 신원을 밝히지 못한 걸 보면 관차들이 그닥 반갑지 않은 이들이 입을 다문 것이라 생각됩니다. 바로 그들을 구슬려 보면 어떨까요?"

설이의 이야기를 듣던 단우의 눈이 커졌다. 아니라고 했지만 설이도 신원 불명의 시신과 영재 부인의 가출을 연결해 보고 있는 것은 아닐까?

"역시 그 시신과 사라진 부인이 관련이 있는……."

조심스레 묻는 단우의 말을 설이는 바로 잘랐다.

"아닐 것입니다. 특히 유 진사 댁에서는 더더욱 아니어야 할 것입니다. 단우 오라버니께 이리 부탁드리는 것은 바로 그 아니어야 하는 테두리를 지켜 알아봐 주실 것 같아서입니다. 급히 알아봐 주시겠습니까?"

설이의 눈이 단우 안으로 홱 들어왔다. 잠시 뒤로 물러설 뻔했던 단우는 숨을 끊었다 쉬며 단단한 소리를 냈다.

"힘닿는 대로 알아보겠소."

단우가 방을 나서자마자 설이는 깊은숨을 쉬었다. 아직도 따듯한 다기 속 국화 두 송이가 설이를 올려다보고 있었다. 가만 생각에 들던 설이가 다시 바늘방석을 집어 들었다.

"아무리 곱대도 바늘방석은 바늘방석이니까……."

겨우 내색을 참았으나 단우의 불안감은 설이의 것이기도 했다. 유 진사의 집에서 시신이 발견되었다는 달갑지 않은 소식이 초조한 생각을 부추겼다. 애써 외면하던 걱정스러운 짐작이 채운과 단우를 통해 확인되자 설이는 마음이 떨어졌다. 이리되면 차라리 윤이 아씨를 찾지 않는 편이 나을지도 몰랐다. 만일 영재의 부인이 살인 사건과 관련되어 사라진 것이라면 수습이 불가할 것이다. 능평에서 서정리로 뻗친 권세가 사돈들의 존립마저 위태로울 것이다.

생각에 생각을 더하던 설이는 그예 바늘방석을 완성하지 못했다.

八.

그러고 보니 이상한 것이 한둘이 아니었다. 영재의 부인이 실종되었다는 이야기에 그닥 놀라지 않던 설이는 무엇보다 먼저 영재에 대해 물었다. 없어진 부인이 아니라 남아 있는 지아비의 상태가 더 궁금하다면 이것은 무슨 뜻일까? 혹여 설이는 부인이 없어질 거라고 예상한 것은 아닐까?

'아니어야 하는 테두리! 아니어야 하는!'

단우가 설이의 말을 곱씹으며 걷다 허방다리를 짚자, 채운이 타박을 했다.

"연서도 못 주었다면서 뭘 그리 오래 있다 나오누? 대체 설이랑 무슨 비밀 이야기를 했나?"

대답도 않고 채운을 물끄러미 보던 단우가 급히 일렀다.

"미안하이! 영재네는 자네 혼자 가야겠네. 나는 연서부터 고쳐

봐야겠네. 서두르게!"

뒤도 안 돌아보고 달려간 단우는 벌써 저만치였다. 입을 떡 벌린 채운이 고래고래 소리를 질렀다.

"이럴 거면 그냥 확 줘 버리고 말 것이지 대체 얼마나 더 훌륭한 연서를 쓰려고 저러는데! 공부나 좀 그렇게 해 보게. 친구보다 연서가 먼저란 말이냐? 그래그래, 나 혼자 가마. 연서 한 장 써 보낼 처자도 없는 주제이니 나 혼자 간다고."

절초전에 박 서방은 없었다. 대신 낯선 얼굴의 젊은 사내가 담배를 썰며 썩썩하게 일러 주었다.

"잠시 다림방 푸줏간에 다녀오신다 하셨습니다."

푸근한 낯빛을 보니 고기 먹을 일이라도 생겼나 보다. 단우가 담배방 바깥에서 한참을 서성이고 있자니 박 서방이 고개를 숙이며 다가왔다.

"도련님! 언제 오셨습니까요?"

대답 대신 단우는 박 서방의 팔을 잡아 절초전 안으로 이끌었다. 뒷방에 앉은 다음에야 입을 연 단우는 단도직입으로 물었다.

"자네, 한 번 더 나를 도와야겠네. 도대체 누구인가? 유 진사네 집에서 죽은 그 사내?"

박 서방은 잠시 헛기침을 하고 나직이 일렀다.

"그것이 저도 잘 모르는 일이라서……."

얼버무리려는 박 서방의 말을 냉큼 자르고 단우가 소리쳤다.

"어허! 능평 절초전 박 서방이 모르는 게 있다니 자네도 이제 한물간 게야? 그러지 말고 어서 일러 주게. 사건의 전말을 알아볼 뿐 자네나 담배방에는 절대 해를 끼치지 않을 것이야. 내 약속함세."

조금 망설이던 박 서방은 한 번 더 다짐을 받았다.

"참말로 저는 몰랐습니다요. 저는 꾼도 아니고 그저 사람들 몇을 쫓아 구경이나 갔습지요. 하도 잘 논다 해서요. 저는 그저 구경만……."

서둘러 고개를 끄덕이는 단우에게 털어놓은 박 서방의 이야기는 제법 길었다.

얼마 전 능평 투전꾼들이 떠들썩했던 판이 벌렸단다. 투전하는 무리에게 골방을 내 주고 개평을 뜯던 기방에 새 고수가 나타난 것이다. 능평에서 좀 논다는 투전꾼마다 죄 나가떨어졌다고 했다. 그래 아예 몇몇이 제대로 붙어 거방지게 한번 놀자 했는데, 그날이 바로 엿새쯤 전이었다. 과연 기가 차게 엿가락을 뽑아 대는 엿방망이꾼들만 모여서는 우등뽑기며 동동이며 돌려대기까지 엄청 벌렸는데, 새 고수 끗발이 거의 땡 아니면 갑오였다. 헌데 판 막바지쯤 내내 벼르던 타짜들이 새로 붙었다. 이 판에선 제법 이름난 왈짜들이라 영락없이 당할 수밖에 없는 걸 다들 알면서도 입을 다물었다. 결국, 그 고수가 딴 돈을 죄 털리고 고리를 내기 시작할 때쯤 겸연쩍은 사람들 몇몇이 일어났고 박 서방도 그에 묻어 나왔다. 그런데 그끄저께 투전판에서 보았던 사람에게 들으니 바로 그 고수한테 일이 났다는 것이다. 그 사람 말이 지금 그 고수가 관아에 시신으로 누웠으니 절대로 아는 척 말라며 입단속을 했단다. 만약 사실이 알려지면 그 자리에 몰렸던 사람들 모두가 잡혀가 살인 누명을 쓰고 주살 당할 것이라며 엔간히 겁을 주었단다.

"대체 누군가? 그따위 입막음으로 관아의 수사를 방해한 놈이?"

단우가 묻자 박 서방은 고개를 절레절레 흔들었다.

"그, 그것은 말씀드릴 수가 없습니다. 참으로 곤란하다니까요, 도련님!"

왈짜나 협객 따위를 두려워할 박 서방은 아니었다. 혹여 함부로 밀고할 수 없는 권세가가 붙었던 것일까? 단우는 바꾸어 물었다.

"하면 죽임을 당한 그 고수는 누군가? 투전 중에 신원을 드러내진 않던가?"

"저는 처음부터 판에 든 것도 아니고. 예예, 그러니까 중간에 구경이나 했습지요. 그이랑 말도 못 섞었습니다요. 다만 동리에서 온 가마꾼이란 이야기를 전해 들었습죠."

"가마꾼?"

기가 막힐 일이다. 양반이고 상놈이고 나란히 둘러앉아 두 눈이 새빨개지도록 밤새 투전으로 날을 샌다니……. 에미 애비도 몰라보고 자식도 판다는 투전판은 이미 망가진 세상인 바, 사기를 치고 또 당하였다 한들 그놈이 그저 그놈일 뿐 아닌가.

"자네가 아니라도 당장 골방을 급습하여 투전꾼 몇 명만 잡아들이면 그만일세."

단우를 따라 일어서던 박 서방은 망설이는 기색이 역력했으나 그렇다고 입을 열지는 못했다. 절초전 바깥까지 따라 나오며 거듭 허리를 꾸부리던 박 서방이 슬쩍 일렀다.

"죽은 이는 아마도 돈이 필요했을 겝니다. 노름빚은 야차라 하여 그 사람이 결딴날 때까지 따라붙으니까요. 돈을 구하러 돌아다녔을 겝니다."

단우는 집으로 돌아가 절초전에서 들은 이야기를 빠짐없이 종이에 적어 설이에게 보냈다. 편지를 전할 김 서방에게는 한시가 급하다고 일렀다. 설이는 단우에게 온 서찰을 읽자마자 외아로 나갔다. 바늘방석을 맺지 못한 채 반짇고리를 정리한 다음이었다. 설이는 방을 나서며 분이에게 단단히 일렀다.

"아버님을 뵙고 오마. 혹여 내가 없는 사이 손님이 오시면 정중히 모시고 내게도 지체 없이 이르거라."

또 비밀 손님인가 싶어 분이는 마음이 쓰였다. 누구를 기다려야 하는지 모르고 기다리는 일은 영 재미없었다. 분이는 관아 누각 쪽을 한참 서성이다 기름을 먹인 마른걸레로 별채 마루를 박 박 문질렀다. 툇마루까지 반짝반짝 윤이 난다고 칭찬하는 곱단이를 따라 부엌에서 누룽지를 얻어먹으며 수다도 꽤 떨었다. 깔깔대며 허리까지 붙잡고 웃던 이야기도 있었는데, 무슨 이야기였는지 통 기억이 안 났다. 무언가 빼먹은 일이라도 있는 양 분이는 걸리는 제 마음을 자꾸 헤집었다. 신경이 온통 바깥을 향해 선 느낌이었다.

분이는 기다리고 있었다. 기다리고 기다리는 제 마음이 수상했던 분이가 문득 꽃담 앞에서 걸음을 멈췄다.

'돌이?'

예서 낯설게 굴던 돌이를 분이는 기다리고 있었다. 제 마음을 알아본 분이는 그제야 고개를 끄덕였다. 다시 가슴이 뛰었지만 참을 만했다. 바람이 불었지만 춥지 않았고 소름이 돋았으나 무섭지 않았다. 그저 돌이가 보고 싶었다. 그러나 그 밤이 지나도록 관아에는 설이의 손님이 오지 않았다.

돌이도 돌아오지 않았다.

九.

　다음날, 차고 어두운 새벽하늘을 헝클며 아침볕이 막 섞여 드는 즈음이었다. 분명 손님이 오기엔 너무 이른 시간이었으나, 관아 앞 누각에는 가마가 두 대나 늘어섰다.

　"아재들, 별당 손님들이십니다. 아기씨께 먼저 기별하고 오겠습니다."

　돌이가 문지기 포교들에게 이르고 내아 쪽으로 들어서는데, 저를 보고 내빼는 분이가 눈에 들어왔다.

　"아기씨께 손님이 오셨다 일러 드려."

　돌이 말에 멈춘 분이가 멀리서 물었다.

　"뭐라고?"

　돌이가 성큼성큼 분이에게로 다가가자 또 그만큼 달아나는 분이 얼굴이 발그레했다.

"아이참, 안 잡아먹는다고! 설이 아기씨께 돌이가 손님을 뫼셔 왔다 이르라고. 그래야 손님들을 들일 것 아냐. 어서!"

고개를 끄덕인 분이가 얼른 별당으로 뛰어가는 것을 보고 돌이는 씩 웃었다. 조금 있으니 분이가 나와 또 저만치서 소리쳤다.

"얼른 뫼시라고. 어서!"

서로를 향해 '어서'를 외치는 모양이 흐뭇해 돌이는 또 웃음이 났다. 돌이가 함빡 웃는 얼굴로 가마꾼들에게 일렀다.

"어서 별채로 드십시요!"

가마에서 내린 이는 곱단한 여인네들이었다. 먼 길을 쉬지 않고 달려온 듯 가마에서 내려 땅을 밟고 서는 게 힘들어 보였다. 여인들이 천천히 방으로 들자, 분이는 가마꾼들을 내보내고 별채 문을 닫았다. 설이 아기씨의 엄명이었다.

"먼 길에 고생이 많으셨을 줄 압니다."

설이 말에 여인 하나가 무릎을 꿇으며 일렀다.

"서찰은 잘 받아 보았습니다. 부디 저희가 지은 죄를 덮어 주신 다면 그 은혜가 참으로 각골난망이겠나이다."

옆에 앉았던 여인도 덩달아 무릎을 꿇는데, 설이의 눈썹이 올라갔다.

"가당치도 않습니다. 윤이 아씨들이 지으신 죄가 있다면, 그 죄는 용서를 받아야 할 분께 빌어야 할 것입니다. 저는 다만 이 작은 방을 내어 드리고, 아직 오시지 않은 손님을 함께 기다려 드릴 뿐입니다.”

자릿조반처럼 들어온 흑임자죽을 뜨는 둥 마는 둥 겨우 찻잔을 대하고 앉은 세 사람 사이로 상큼한 유자 향만이 감돌았다. 갑자기 뒤편에 앉았던 윤이 아씨에게서 눈물이 떨어졌다. 한동안 아무도 말이 없던 규방 안으로 힘센 볕이 쳐들어왔다. 고요한 적막을 깨고 그제야 한 윤이 아씨가 입을 열었다.

“지난 18년을 윤이로 살았습니다. 열두 살 생일을 맞던 날 아침, 아버님과 오라버님들이 의금부로 끌려가셨지요. 스스로 끊어 내지 못하는 목숨을 더 고통스러워하던 어머님과 삯바느질로 동리에 정착하기까지 참으로 오랜 시간 많은 일을 지나왔습니다. 관군에게 끌려가 노비로 삼아지는 꿈을 지금도 종종 꾸니까요. 그 사이 우리 모녀 둘이 마주 보고 웃어 본 적이 없습니다.”

끊어진 말을 다시 붙이며 윤이 아씨가 울먹였다.

“그런데 저는 웃고 싶었습니다. 힘들던 시간이 지나고 어찌어찌 살아지다 보니, 가끔은 혼자라도 웃고 싶었습니다. 아무에게도 들키지 않는 마음 깊은 데서 원망스러운 마음도 생겼습니다. 차라리 처음부터 사대부가의 여식이 아니라 양민의 여식 아니, 천민의 여식으로 태어나는 게 낫지 않았을까? 허면 그저 웃는 낯 한 번에 이리 죄스러운 마음으로 애를 끓이지는 않았을 것을…….”

그즈음에 정인이 생겨났단다. 괜한 수작을 거는 불땔꾼 심사가 바르지 못하고 하는 짓이 거칠고 험한 사람 에게서 윤이가 놓여나도록 도와준 키가 껑충한 소년이었다. 화원이 되어 어진을 그리는 것이 소원이라던 소년은 매일 바위에 그림을 그렸다. 소년을 위해 종이를 사고 안료를 사는 일이 윤이의 가장 큰 기쁨이 되었을 즈음 선친의 추증 소식과 함께 능평의 유 진사가 찾아왔다.

말을 잇지 못하는 윤이를 돕고 싶어 설이가 입을 열었다.

"무너진 가문을 일으키고 어머님을 보호할 기회를 저버릴 수는 없으셨을 겝니다. 허나 역시 정인과의 약속도 지키고 싶으셨던 게지요?"

끄덕이는 고개와 함께 흘러내린 눈물은 길었다. 아주 길었다. 그사이 또 다른 윤이 아씨가 입을 열었다.

"저는 기생집에서 허드렛일을 하던 천것입니다. 윤이 아씨가 바느질거리를 받으러 오실 때마다 제가 뫼셨지요. 본래 아버지 노름빚에 팔려 온 터라 부엌데기로나 쓰이고 말 것을 괜한 거문고 욕심을 내다 머리까지 올릴 형편이 되었습니다. 워낙 철부지였던 터라 고운 옷 입고 나풀대며 춤을 추거나 거문고만 타면 되는 줄 알았는데, 본격적인 기생 수업을 시작하고는 날이 갈수록 무서워졌습니다. 무엇보다 수태를 피해 달거리를 계산하는 셈을 배우고부터는 어떻게든 도망칠 결심을 하였습니다. 제가 바라는 것은 그저 단 한 사람만의 지아비였습니다."

설이 입에서도 가느다란 한숨이 나왔다. 아무도 나쁘지 않았지만 걷잡을 수 없이 나쁘게 흘러온 일이 두 윤이 아씨를 기다리고 있었다.

바깥에서 분이가 기척을 내더니 재게 일렀다.

"아기씨, 유 진사님과 아드님이 오셨답니다. 사건 때문에 현령님을 뵈러 오셨다고요."

아무 대답도 없는 설이 눈은 윤이 아씨들을 향해 있었다.

"돌아간 이가 누군지 이제 일러 주시겠습니까?"

중간중간 눈물을 닦아 내며 윤이 아씨가 답했다.

"황공하오나 제 아비입니다. 투전판에 미쳐 집이며 논밭이며 마누라에 딸년까지 잡혀 먹은 제 아비올시다. 며칠 전 시댁 광문 앞에 쓰러져 있는 것을 보았습니다. 게가 어디라고 찾아와서 그런 황망한 모습으로 쓰러져 돌아가니……. 그런 아비라도 안타까워 가슴이 찢어졌지만, 다시 가 볼 수도 없는 까닭에 어찌할 바를 몰라 두려움에 떨다 도망쳐 버렸습니다. 무슨 일이 있어도 살아서는 다시 아니 뵙기로 약속한 윤이 아씨께로 정신없이 도망치고 말았습니다."

가만 생각하던 설이가 다시 물었다.

"혹여 두 윤이 아씨의 일을 아는 사람이 또 누가 있을까요? 돌아간 고인도 그랬습니까?"

다른 윤이 아씨가 답했다.

"아닙니다. 이번 일은 우리 두 사람과 저의 지아비 셋만이 알고 있을 뿐입니다. 지아비가 아는 가마꾼들을 수습하여 혼인날 우리가 서로 가마를 바꾸어 탈 수 있도록 일을 꾸며 주었습니다."

아무래도 석연치 않아 설이는 고개를 저었다.

"돌아간 고인도 가마꾼이라 들었습니다. 혹여 가마꾼들에게 이야기가 흘려진 것은 아닐까요?"

아직도 눈물을 매단 윤이 아씨가 일렀다.

"그저 명색이 그러할 뿐 가마꾼을 그만둔 지 오래된 아비입니다. 흩어진 가족들에게는 소식이 닿지 않은 지 아주 오래되었고요. 여기저기 투전판을 찾아다니며 바람처럼 산다 들었는데……."

설이가 미간을 찌푸리고 있는데, 분이가 들어왔다. 어찌나 급했는지 숨이며 말을 더듬느라 인상까지 쓰며 일렀다.

"아기씨! 그때 그, 그, 뭣이냐, 두부 마님이 오셨습니다."

설이가 모시라 하고 윤이 아씨들에게 말했다.

"기다리던 손님이 오셨나 봅니다. 저는 유 진사 댁의 사건이 어찌 조사되고 있는지 알아보고 오겠습니다. 말씀들 나누십시오."

섬돌에 내려선 설이 앞으로 입술을 꾹 다문 숙부인이 훌쩍 다가왔다. 허리를 굽혀 절하는 설이 얼굴로 숙부인의 급한 숨이 건너왔다. 아무 말도 나누지 않고 들고 나는 두 사람을 그저 소나무 가지에 앉은 까치만이 내려다보는 중이었다. 설이가 별채 마당을 나서는데 가느다란 울음 몇 마디가 쫓아왔다. 찬바람이 동정 속을 파고들었다.

침모 방에 든 설이는 돌이를 불렀다. 어제 오후부터 급진전된 수사는 밤사이 아무도 몰래 잡아들인 투전꾼들을 시작으로 제법 옥이 떠들썩해질 만큼 용의자를 모으는 중이란다.

"누구? 강 집사?"

"예. 아마도 그이 때문에 엄청 겁들을 먹었나 보다고 하던 걸요. 본래 실세라는 건 아랫것들과 직접 부딪히는 이에게서 나오니까요. 능평에서 유 진사에 밉보여 괜찮을 이가 몇이나 되려고요? 들어보니 그간 유 진사 세를 믿고 행패를 부리기도 여러 번인 듯합니다. 기녀들에게도 곧잘 손찌검을 하여 기방에서도 고개를 흔드는 난봉꾼이었다고요. 투전에 빠지기 전까지는 그래도 일만큼은 성실한 사람이었다고들 하는데……."

유 진사네 일을 두루 맡아보던 강 집사라는 인물이 투전판에 끼었단 소리다. 고수들 사이에 끼일 실력은 못 되었는데도 집어 온 돈으로 새벽녘까지 판에 걸쳐 있다 문제의 타짜들에게 고수와 함께 엮였다. 아는 몇몇이 강 집사에게 넌지시 눈치를 주었건만, 이미 벌겋게 뒤집힌 눈이 그를 제대로 알아챌 리 없었다.

"유 진사님이 일러 주신 곳에 참말로 강 집사가 있었답니다. 관차들이 이미 그자를 잡아 관아로 압송 중이고요. 아마 해거름에는 닿지 싶습니다."

아무 말 않고 고개만 끄덕이는 설이 눈이 아득했다. 설이는 돌이에게 관아의 일을 마저 알아보라 이르고 잠시 누웠다.

'만약 윤이 아씨의 정인이 양반가 자제였다면 어떠했을까?'

천지가 만물을 낳고 기르는 이치는 고르고 가지런하니, 원래 한쪽으로 치우치는 법이 없다고 했던가? 그런데 한낱 사람이 천지의 뜻을 거슬러 태어날 때부터 누구는 귀하고 누구는 천하다 정하니 과연 옳은 것일까?

어릴 적, 설이는 돌이가 좋았다. 안방에서 어머니와 돌이네가 같이 바느질을 하고 있으면 그 곁에서 설이와 돌이도 헝겊을 갖고 놀다 나란히 잠이 들곤 했다. 색색 고운 꿈들이 꽃베개로 스르르 찾아드는 나비잠. 그 잠이 너무 달아 설이도 돌이도 쉬 깨지 못했다.

'내가 돌이를 부려야 할 사람이라는 게 어찌 그리 자연스러웠을까?'

어릴 때로 돌아간 듯 편안히 누운 설이를 보고 돌이네가 웃었다.

"아이고, 아기씨는 이 방만 오면 꼭 이러시더라."

끄트머리에 흐뭇한 웃음이 따라붙는 돌이네 저 말도 예전이나 지금이나 똑같다.

"아기씨, 유 진사님이 댁으로 돌아가실 듯합니다."

밖에서 돌이가 일러 주는데 잠시 망설이던 설이가 일어나 매무새를 정돈하고 방을 나섰다. 상을 든 분이를 앞세우고 천천히 걷는 설이 눈으로 유 진사 부자가 들어왔다. 외아가 아니라 사랑에 들었던 손님들은 밖으로 따라 나온 주인의 배웅을 받고 있었다. 설이는 손님이 돌아간 줄 알고 상을 내오다 마주친 듯 어색하게 아버지 곁으로 가 섰다.

"제 여식입니다."

설이가 허리를 굽혀 절을 하자 유 진사가 서둘러 인사를 받았다.

"귀한 영애까지 뵙고 갑니다. 어서 드십시오. 바람이 찹니다."

현령과 한 번 더 인사를 나눈 유 진사가 뒤돌아 걷는 사이 설이는 영재에게 눈을 주었다. 영재는 고요히 고개를 끄덕이는 설이에게 한 번 더 눈으로 물었다. 역시 같은 대답이었다. 실로 오랜만에 볼우물이 패인 영재는 급히 아버지를 따라 관아를 나섰다. 바람은 찼으나 볕은 뜨거웠다. 오늘따라 하늘 한복판에 높이 붙은 해가 더욱 열을 내는 듯하다.

분이가 나직이 일렀다.

"그 마님이 또 가져오신 두부로 오늘 저녁에 연포탕을 내어도 좋을지 엄마가 여쭤 보라 했습니다. 그리고 역시 영감마님께는 두부를 내지 말아야겠지요?"

가만 생각하던 설이가 고개를 저었다.

"아니, 오늘은 좀 드시는 것도 어떨까 싶은데……. 이번엔 두부가 아주 넉넉하던데, 분이 너도 연포탕 좀 든든히 먹어 두렴. 두부살이 뽀얗게 오르면 얼마나 더 예쁠 거야. 그럼 돌이는 또 얼마나 좋을 거고?"

놀리는 설이를 두고 분이가 뽀로통해서 일렀다.

"돌이가 좋을 일이 뭐래요. 아까도 곱단이랑 장에 가더만요. 왜 돌이네는 꼭 돌이랑 곱단이를 붙여 보내는지 모르겠다니까요."

분이가 내민 입술이 하도 앙증맞아 설이는 혼자 웃었다.

"네가 돌이한테 좀 이르지 그랬어. 같이 가자고. 아니면 내가 심부름을 좀 보내 줄까? 둘이 엮어서 말이야."

분이는 입을 벌려 뭐라 뭐라 종알거렸지만, 싫다는 말은 아닌 듯했다. 설이는 배시시 웃고 아직도 좀 남은 바늘방석을 꺼내 들었다.

"끄트머리는 밥 먹고 해야 하는데……."

우스개였으나 꽤 힘이 드는 마무리라 설이는 우선 숨부터 크게 들이쉬었다. 솜을 넣은 덩어리가 톡톡하니 단단해지자, 천을 오므려 헐겁지 않게 실로 묶는다. 두툼한 종이를 동그랗게 오려 다섯 개의 구멍을 뚫고 굵은 실을 바늘에 꿴다. 색색 꽃잎에 솜을 넣은 덩어리의 꼭짓점들과 종이의 다섯 점들을 힘센 세요각시가 단단히 오가며 잇는다. 실을 팽팽히 잡아당길수록 꽃잎들이 볼록볼록 올라오며 뽐을 내는데, 그저 뭉쳐 있었을 때와는 완연히 다른 얼굴이다. 당당하니 훤하게 제 빛깔로 곱다. 윤이 난다.

두 윤이를 품은 숙부인은 편치만은 않은 얼굴이었다.

"무를 수는 없으니, 그저 따라갈 뿐이라오. 어찌 그런 맹랑한 짓을……."

그저 바라만 보는 설이에게 숙부인이 일렀다.

"내 관아에 처음 다녀간 날, 마음이 하도 쓸쓸하여 윤이가 쓰던 건넌방에 들었다오. 때때로 소제나 한 번씩 시키고 말았는데, 그

날은 어쩐 일인지 한 번도 아니 열었던 다락을 다 열었지 뭡니까. 그제야 윤이가 내게 남긴 것을 알아보고 눈물을 쏟았다오. 다락 안에 베개들이 그리 차곡차곡 쌓여 있는 줄 내 미처 몰랐다오. 윤이가 시집가기 전날까지 왜 그리 베갯모에 수를 놓았는지 까맣게 몰랐다오. 베갯모에 자수한 글자를 차례로 읽으니, 바로 이 어미에게 남기는 편지입다. 불효녀를 용서해 달라는, 유 진사네로 시집간 윤이를 아껴 달라는, 3년 뒤에는 반드시 찾아온다는 편지 말이오. 몰랐다오. 윤이가 그간 얼마나 힘들고 아팠을지, 그런 수를 놓으며 얼마나 울었을지, 이 어미는 참말 몰랐어. 나는 윤이가 한 맹랑한 짓보다 내가 몰랐던 윤이의 마음이 더욱……."

집에 돌아가는 숙부인에게 설이는 그림 한 장을 내놓았다.

"지인께 얻은 그림입니다. 예사롭지 않은 맨드라미가 오래도록 눈을 붙드는 통에 우겨서 모셔 왔지요. 듣자니 도화서에 들 작정을 하고 열심히 그림 공부를 하는 예비 화원의 그림이라 합니다. 저보다는 숙부인께서 갖고 계시는 편이 옳을 듯합니다."

오래도록 그림을 바라보던 숙부인이 고개를 끄덕였다.

설이는 가마를 타고 나가는 숙부인에게 어머니를 겹쳐 보았다. 어머니도 같은 마음이었다. 힘들었던 언니의 마음을 짚어 주지 못한 자신을 죄스러워했다. 그저 견뎌 보라고 시댁으로 등을 떠밀었던 자신을 말할 수 없이 책망했다. 생모가 아니라 계모라서 그랬던 것은 아닐까 하며 자책하고 또 자책했다. 그리고 다시는 두부를 먹지 않았다. 윤희수 대감 역시 딸을 앞세운 후부터는 제사상에 놓인 소적이라도 절대 젓가락을 대는 법이 없었다.

설이가 바늘방석 가장 윗면에 작은 매듭을 달고 있을 때였다. 밖에서 기척한 분이가 일렀다.

"아기씨, 채운 도련님이 오셨습니다."

헛기침을 두어 번 하고 마루에 오른 채운 뒤로 단우가 따라 붙었다.

"강녕하셨습니까?"

설이의 인사에 둘 다 흐뭇하게 웃더니 보따리를 내밀었다.

"영재네 놀러가서 밥 한 그릇 제대로 얻어먹고 심부름 중이시다. 이숙님이 마침 출타 중이라 하시니, 네가 맡아 놓았다가 아버님께 전해 드리거라. 유 진사님이 보내시는 것이야."

채운의 말에 단우가 보탰다.

"설이 아가씨께 보내는 선물은 영재 귀부인이 내주셨소. 지난번 선물에 대한 답례라면서."

빙긋 웃는 설이에게 채운이 물었다.

"오늘 보니 귀부인이 상당히 미인이더라. 영재가 빠진 이유가 다 있었어. 그러게 내가 수리산 암자에 있을지도 모른다고 말하지 않던. 다 알아보았다고 큰소리를 꽝꽝 치더니, 결국 친정어머님과 함께 수리산에서 지내고 있었다며? 장모님이 아예 영재네 집까지 딸을 데려다주신 모양이더라고. 영재 말만 믿고 사방팔방

찾으러 다녔으면, 팔불출과 그 친구들로 엮일 뻔했지 뭐냐! 그런
데 강 집사는 어찌 투전꾼을 죽였다고 하더냐? 영재한테 물으니
그 팔불출은 내실이 또 겁먹을지 모른다며 아예 그 이야기는 꺼
내지도 못하게 하더라."

설이가 일렀다.

"투전꾼이 되려면 모름지기 판돈이 있어야 할 텐데, 강 집사가
그걸 어떻게 감당했겠습니까? 진즉부터 횡령의 기미를 알아챈 유
진사가 강 집사를 불러 혼을 내고 집안에서 쫓아낸 모양입니다.
그런데 하필이면 강 집사를 찾아온 노름꾼을 딱 맞닥뜨린 게지
요. 아마도 강 집사는 그이가 유 진사에게 다 일러바치어 일을 그
르쳤다 믿은 듯합니다."

단우가 보탰다.

"그래서 다툼 중에 죽임을 당했군. 바로 그것을 하필이면 영재
의 부인이 제일 먼저 보았고 말이야."

그러나 역시 궁금함이 남는 일이었다. 죽은 노름꾼은 어째서 강
집사를 찾아갔던 것일까? 노름빚을 구하러 간 것일까? 함께 타짜
들에게 당했으니, 그들에게서 돈을 찾을 궁리도 함께해 보자 싶
었던 걸까? 죽은 노름꾼은 그 집에 저를 닮은 이가 살고 있다는
것을 참말이지 몰랐던 것일까? 강 집사는 그이를 보자마자 광 쪽
으로 끌고 가 넘어뜨렸던 까닭에 아무 들은 말이 없다고 했다.

'우연이 여러 겹으로 겹치다 보니 틈새가 너무 많아. 하지만 위

험했던 순간들을 생각하면 차라리 이편이 나을지도 모르지. 어쩌면 윤이 아씨들을 위해 그 우연들이 서로 겹쳐 누웠을지도 모르겠고…….'

설이가 생각들을 헤집는 사이 단우가 단정했다.

"이러니 도박은 아니 되는 걸세. 패가망신에 객사까지 불사한다면 모를까. 대체 그것이 그리 재미날까?"

채운이 웃는 낯으로 물었다.

"자네 국수라 불리던 문민공 이야기 모르나? 그것이 하늘의 재주이자 귀신의 지혜라 안 하던가?"

단우가 대답을 않으니 설이가 대신 일렀다.

"경숙옹주님의 손자로 우의정까지 지내셨던 원 대감을 말씀하시나 봅니다. 투전목 80장을 한 번만 보면 아무리 섞어 뒤집어 놓아도 뒷면의 그림을 다 알아맞힌 전설의 투전꾼이었다고요. 함께 노는 투전꾼들의 패를 다 읽어 내니 누가 감당을 하겠습니까?"

단우는 불쾌한 표정이었다.

"양민에게 본을 보여야 할 양반이 도리어 도박에 빠져?"

채운이 소리쳤다.

"사람이 타락하는데 양반 상놈이 어디 있던가? 원래 사악한 것일수록 사람을 끌어당기는 세가 더 강한 법일세."

이런저런 이야기를 나누던 채운이 그만 가 보겠다고 일어섰다. 설이가 연포탕을 함께 자시고 가라 일렀는데도 어쩐 일인지 서둘

규중몽혼 閨中夢魂

181

러 방 바깥으로 나서는 채운이었다. 단우가 설이에게 연서를 건
넬 참을 주려는 것이었다. 과연 단우가 연서를 꺼내 놓으며 수줍
게 일렀다.

"이리 늦어 미안하오."

설이도 수줍게 답했다.

"잘 읽겠습니다."

별당을 나서는 두 친구의 발걸음이 어느 때보다 가벼웠다. 이
름 모를 뿌듯함에 매운바람도 정겨운 참이었다. 적어도 꽃담 앞
에서 돌이네를 마주치기 전까지는 그러하였다. 두 도령을 배웅하
는 돌이를 지나치던 돌이네가 나지막이 일렀다.

"돌아, 아기씨 납채함이 들어온다니 서둘러라! 이리 갑작스레
뭔 일이라냐?"

나지막하여 더욱 귀에 꽂히는 말. 제 귀를 찌른 말이 의심스러
워 둘 다 눈을 휘둥그레 떴으나, 채운에게도 단우에게도 정확히
들려온 말이었다. 납채라니? 아기씨 납채함이라니? 설이에게 청
혼하고 혼인을 허락받으려는 누군가가 있다는 말 아닌가? 단우
도 채운도 발이 딱 붙었다. 단우 옆에서 침을 한 번 삼킨 채운이
나서서 물으려는데 단우가 막아섰다.

"돌이에게 들을 이야기는 아닐세."

그렇기도 하다. 하지만 그렇다고 도로 별채로 들어가 설이에게
따져 묻기는 더욱 애매했다. 어렵게 발을 뗀 채운과 단우는 서둘

러 관아 바깥을 나서 걸었다.

"일단 어머님께 물어 사정을 알아보겠네. 설이의 혼례 이야기는 참말이지 금시초문일세. 어찌 이런 일이!"

"……."

"너무 실망치 말게. 우리가 뭔가 잘못 알아들은 걸 수도 있어. 다른 사람 이야기일 수도 있고."

"……."

"납채라는 것이 아직 혼인이 정해졌다는 뜻은 아니지 않은가? 자네 집에서도 뉘 집엔가 매파를 보낼까 했었고 말이야. 아무튼, 내 자세히 알아보고 자네에게 금방 알려 줌세."

"……."

"자네 화났나?"

연신 혼자 지껄이던 채운이 단우 팔을 붙들며 물었다. 그제야 정신을 차린 단우가 되물었다.

"응?"

화가 났거나 속상한 목소리는 아니었다. 단우는 단우만의 생각 중이었다. 그것이 무엇인지 채운은 묻지 않았다. 물어도 시원한 대답은 없을 것이었다.

"잘 들어가게. 다시 만나세."

채운의 말에 단우가 고개를 끄덕였다.

내 마음에 그대에게 가는 길을 내었소
이리 좋았던 산책이 있던가?
아침부터 저녁까지 내내 걷는다오
그러다 베개 속까지 따라 낸 길
꿈 속 넋이 자취를 남긴다면
그 돌길이 반쯤은 모래일 거요*

오롯이 마음을 담은 편지. 오래도록 연서를 내려다보던 설이는 빙긋 웃으며 저고리 고름을 매만졌다. 따스한 기운이 가슴으로 번져 가는 느낌이 말할 수 없이 충만했다. 참으로 귀한 마음이었다.

설레는 마음을 좀 누르려고 설이는 만들던 바늘방석을 다시 들었다. 명주 조각천 하나를 골라 시접 없이 동그랗게 오려 낸다. 바늘방석에 붙여 둔 딱딱한 종이에 풀을 먹이고 동그란 조각 천을 붙여 바느질 자국을 감춘다. 깔끔하게 다 되었다. 딱 좋게 되었다.

"아기씨, 아기씨! 지금 한양 최 대감님 댁에서 납채함이 들어온답니다요."

납채함을 들고 올 사자를 구경 갈 생각에 분이는 안으로 들지도 않고 소리를 질렀다. 탁탁 타닥 별채를 뛰어나가는 분이의 발소리는 금방 멀어졌다.

"납채함이라……."

*이옥봉의 시 〈몽혼 夢魂〉에서 부분 인용

혼잣말 끝에 설이는 이마를 짚었다.

함박눈이 시작되고 있었다. 이번엔 아주 제대로일 듯 푸진 눈 송이가 하늘을 덮고 있다. 아무래도 엄청 쌓일 듯하다.

序, 영소모정 詠梳母情

　부임은 행차도 식도 간략했다. 응당 잔치도 없었다. 한양부터
함께 온 사람들을 위해 돼지 한 마리를 잡고 술 한 말을 냈을 뿐
이다. 현령 윤희수는 술은 입에도 대지 않았고, 돼지고기보다는
고사리를 넣고 조린 꽁치에 먼저 젓가락을 가져갔다. 옆에서 찬
이 입에 맞는지를 거푸 묻는 이방에게 현령이 일렀다.

　“관아 수모에게 이르게. 한양에서 찬모가 내려오면 꼭 물으라
고. 고사리에 꽁치 비린내가 배지 않게 하는 법을 일러 줄 것이네.”

　현령의 식솔들은 달포가 넘어 능평으로 내려왔다. 초로의 사
내가 하나, 그 뒤를 따르는 여인네와 아이들, 그리고 끄트머리
가마 안에 든 현령의 무남독녀 설이까지, 가마꾼을 더해도 열을
넘기지 않았다.

　진상 문제를 두고 직언한 대사간 윤희수가 현령으로 좌천된 것

은 호조의 세를 들어준 임금의 뜻이었다. 한양 저 멀리 구석진 능평 현령으로 묻혀 있으라는 어명은 실상은 배려였다. 겹친 우환에 흉하게 내닫는 소문은 아무리 심지 굳은 윤희수라도 마음이 탈 일, 게서 순신純臣, 마음이 곧고 진실한 신하을 좀 놓여나게 하고 싶은 것이 임금의 진심이었다. 허나 성은이 망극해도 달갑게 경명敬命, 명을 공손히 받듦하지 못하는 윤희수는 낙심 중이었다. 천적遷謫, 죄를 지어 외진 곳으로 쫓겨 감에 붙은 가솔은 어불성설, 설이만 한양에 두고 가느니 아예 관직을 내어놓을 생각이었다.

수는 대사헌이 내었다. 일찌감치 군주의 속내를 읽은 대사헌이 윤희수의 형편을 딱히 여겨 임금께 아뢰니, 과연 능평의 새 현령에게 식솔을 배려하라는 교지가 새로 내렸다. 윤희수는 이틀 밤을 새운 감고勘考, 깊이 생각함 끝에 질끈 눈을 감았다.

"하필이면 왜 능평이냔 말일세. 아무리 한직으로 밀려나는 좌천이래도 대사간 끗발이 어찌 그 모양인지, 덕분에 우리만 죽어나게 생겼지 뭐냐고."

"학식도 학식이지만 청렴하기가 이를 데 없는 분이라니……"

"그럼 뭐하나! 한양 바닥엔 벌써 소문이 자자하던 걸. 첫째 부인도 둘째 부인도 모두 딸 하나씩만 낳고 죽었다는데. 큰딸은 시집까지 보냈다가 저 스스로 목숨을 끊었다지 뭔가. 어이구, 흉해라!"

"나도 그 이야기를 들었네. 맏딸이 아주 영특했다고 말이야. 천하에 한량인 남편이랑 고된 시집살이를 견디기에 너무 똑똑했다니 이 무슨 해괴한 말인지, 원!"

"그런데 나는 둘째 부인이 그 딸을 따라 죽었단 이야기가 더 어이없더구먼. 생모도 아니고 계모가 대체 무슨 연유로 말이야. 집안에 무슨 원귀라도 씐 것은 아닌지, 그래서 하나밖에 안 남은 딸을 예까지 달고 온 게 아니겠나 싶기도 하고 말이야."

"그러게 말일세. 좌천에 딸네미하며 찬모, 침모까지 식솔들을 죄 챙겨 오니 고래로 이런 인사는 또 처음일세그랴."

쑥덕공론 끝에 핏대까지 세운 아전들은 입맛이 썼다. 과연 꼬장꼬장한 기세로 관아의 제 정비를 몰아치는 현령 덕에 한동안 정신을 차릴 수도 없었다. 헌데 설이의 등장이 반전이었다. 몰아치는 속도는 여전했고 관아의 일도 줄지는 않았으나 과연 여유가 생겼다. 이젠 가끔 아전들에게 우스개도 하는 현령이었다.

"내 여태 딱 한 번 보았네. 우리 현령님이 웃으시는 것을 말이야. 따님을 어지간히 귀애하시나 봐. 별채까지 따로 내어 주시는걸 보면 말이지."

그러고도 현령의 박복함을 두고 한참을 찧고 까불던 아전들은 관기들에게는 희소식이 아니겠느냐며 웃었다. 아예 능평에서 셋째 부인을 보아 가는 것도 좋겠다며 매파로 나서보자는 흰소리도 오갔다. 실로 간만에 즐기는 농이었다.

두어 달이 지나서야 현령은 능평 인사들을 불러 잔치를 벌였다.

잔치라 하였으나 신임 현령이 향반들에게 예를 갖추는 조촐한 오찬에 가까웠다.

"실은 더 빨리 와 보고 싶었는데, 아버님 어머님 때문에 참았단다. 이숙님께서 먼저 청하실 때까지 친인척들은 외려 출입을 더 삼가야 한다고 하도 성화를 하셔서 말이야."

"저도 이모님이랑 오라버님 다들 찾아뵙고 싶은 것을 간신히 참고 있었는걸요. 오늘 뵈올 생각에 잠도 설쳤답니다."

관아 잔치를 핑계로 아버지를 따라온 채운은 인사를 마치자마자 바로 설이를 찾았다. 채운과 설이는 이종사촌이었다. 채운이 일곱 달 먼저 나온 오라비였다. 이미 서른 해도 전에 능평으로 시집온 이모님은 돌아간 어머니와도 막역하여 한양에도 종종 들러 설이를 귀애하였다. 능평은 아버지에게는 떠밀린 한직의 변두리였으나, 설이에게는 비단 위의 꽃인 셈이었다.

"이숙님이 현령으로 내려오신다는 기별에 어머님이 울다가 웃다가 하셨단다. 좌천은 근심이지만 그래도 너를 곁에서 좀 챙길 수 있겠다고 말이야. 그래, 능평은 어떠하냐? 한양보다 많이 답답하냐?"

채운의 물음에 설이는 피식 웃음부터 났다.

"답답하기로 하면 규방이라는 것이 원래 그렇답니다. 한양이든 능평이든 아녀자들에게는 한가지인걸요. 관아 바깥으로는 나서 보지 않았으나 아직은 견딜 만합니다."

고개를 끄덕이는 채운의 눈빛이 아득해지더니 저도 모르는 한숨이 툭 떨어졌다. 그러고 보니 그 좋아하는 인절미에도 손을 대지 않는 채운이었다. 설이가 물었다.

"오라버니, 근심이 있어 보입니다. 무슨 일이라도 있으셔요?"

별일 아니라며 얼버무리려다 채운이 털어놓았다.

"실은 내 죽마고우 중에 단우라고 있거든. 참으로 소중한 친구인데, 얼마 전에 그 어머님이 돌아가셨지 뭐냐. 이후로 영 마음을 잡지 못해 나날이 수척해지더니, 이제는 몽유병까지 앓는 것 같더라. 내 어떻게든 단우를 돕고 싶은데, 아무것도 못 해 주니 참말 마음이 아프구나!"

설이가 다시 물었다.

"몽유병을 앓는다 하셨습니까?"

고개를 끄덕이며 채운이 일렀다.

"내가 직접 본 일은 없으나 사람들 말이 그러하더라. 한밤중에 단우와 마주쳤다는 사람들 말이 꼭 꿈속을 걷듯 휘청거리더라는 거야. 사람들도 못 알아보고. 처음엔 그나마 집안을 돌아다니니 보이는 대로 방에 들였단다. 그런데 이젠 대문을 열고 밖으로까지 돈다 하니 참말 걱정이지 않으냐? 새벽녘에 버선발로 나선 단우를 보았다는 사람도 있더라고. 의원이 처방한 약도 꼬박꼬박 달여 먹는데, 영 차도가 없다고 하니……."

입을 꼭 다물고 말이 없는 설이에게 채운은 생각나는 대로 이야기를 더 했다.

"돌아간 어머님을 생각하면 어찌 슬프지 않겠느냐마는 그 낙망함이 너무 깊고 길단 말이지. 이러다 장성한 아들마저 잃겠다며 단우네도 시름이 깊단다. 내가 단우를 찾아가 이른 것도 벌써 여러 번이란다. 타이르다 함께 울기도 하고 화를 내 보기도 했으나 소용이 없더라. 울먹거리다 돌아앉거나 아예 눈을 붙이고 잠든 척 일어나지도 않는단 말이지. 내 속은 참으로 바싹바싹 타는 것만 같은데……."

그때 연 씨 부인이 별채로 들었다.

"이모님! 너무 뵙고 싶었습니다."

설이가 절을 올리는데 연 씨 부인의 눈가가 벌써 촉촉했다. 돌아간 동생을 떠올리게 하는 질녀를 오래도록 눈에 넣어 두고 싶은 마음이었다. 이런저런 안부 이야기가 오가고, 단옷날 설이가 인사를 오기로 약조까지 하는 동안 채운은 아무 말이 없었다. 시무룩한 아들의 얼굴을 보며 연 씨 부인이 물었다.

"또 단우 걱정에 그러는 게지? 벌써 설이에게 털어 놓았누?"

채운이 고개를 끄덕이자 연 씨 부인도 가느다란 한숨을 쉬며 일렀다.

"아무렴, 걱정이 되고말고. 설이 네 이모부님과 단우 아버님도 아주 절친한 사이란다. 두 친구가 같은 해에 나란히 장가를 들어 사이좋게 이웃으로 집을 짓지 않았겠냐. 어느 해에 이 집에서 아들을 얻으면, 그다음 해 즈음 저 집에서 여식을 낳았지. 그러다 같은 해에 나란히 아들을 얻었으니, 바로 채운이랑 단우란다. 하여 인석들은 둘도 없이 의좋은 형제처럼 자란 거라. 물론 돌아간 단우 어머니와 나도 막역했는데, 어찌 그리 빨리 돌아갔는지 하늘도 참 무심하시지! 안주인이 돌아간 후로 단우까지 저리되니 마을 사람들도 수군거리는 것 같더라. 아무래도 이 집에 무슨 남모르는 원한 같은 게 있나 보다며 서넛만 모여도 흉흉한 얘기를 나눈다더라고. 그러게 무당은 왜 불렀느냔 말이지. 줄초상 막을 액땜이라고 단우 할머님이 하도 야단을 내서 푸닥거리까지 크게 했건만, 단우는 더욱 나빠지고 엄한 소문만 무성하단 말이다."

누구에게 하는 말인지 헷갈렸으나, 채운과 설이는 연 씨 부인의 말을 묵묵히 듣고만 있었다.

잔치가 끝나고 손님들이 다 돌아갔는데도 채운과 연 씨 부인은 여전히 관아에 붙들려 있었다. 오랜만에 만난 동서 간의 바둑이 생각보다 길어지고 있는 까닭이었다. 연 씨 부인이 그예 사랑으로 나가 보자, 둘만 남은 방 안에서 설이가 나직이 일렀다.

"오라버니, 단우 도련님이 혹시 돌아가신 어머님의 유품을 갖고 있지는 않은지 한번 살펴보셔요. 만약 그런 것이 있다면 제게 일러 주십시오. 친구의 마음이 상하지 않도록 조심하시고요."

채운이 무엇인가 더 물으려고 하는데, 바깥에서 큰 소리가 났다.

"채운 도련님, 사랑으로 납시라 하십니다."

고개를 끄덕이는 설이에게 인사하고 채운은 서둘러 사랑으로 나섰다. 이모부 내외를 배웅 나온 설이는 사촌 오라비의 뒷모습을 보고 짐작했다.

'채운 오라버니는 관아를 나서자마자 친구한테 달려가실 모양이야.'

다시 별채로 든 설이는 문득 생각이 난 듯 함을 열고 비녀 갑을 꺼냈다. 돌아간 어머니의 비녀는 옥잠이었다. 시어머니한테 받은 옥잠을 어머니는 머리에 꽂기보다 간직하며 아껴 두었다. 그래도 일 년에 두어 번, 시어머니의 생일과 자신의 생일에 어머니는 꼭 옥잠을 머리에 얹었다. 아버지가 대사간에 올라 처음 입궁하던 날도 그랬다.

'어머니!'

고운 옥잠화 봉오리를 꼭 닮은 옥잠은 청초했던 어머니와도 많이 닮았다. 설이는 오랜만에 만난 친구인 양 옥잠을 손에 안고 가만히 웃었다.

二.

　해거름이 지났는데도 단우는 아직 이불 속이었다. 점심상도 받지 않고 누웠다며, 개똥 아범이 걱정을 했다. 채운은 입을 꾹 다물고 방으로 들어섰다.

　"단우, 이제 그만 일어나게. 낮잠이 이리 길어지면 밤잠을 어찌 자겠나?"

　흔들어 깨우자 겨우 일어나 앉은 단우는 아직도 비몽사몽이었다. 겨우 정신을 차린 단우의 얼굴은 누르께한 것이 아주 반쪽이 되어 있었다. 어제보다도 병색이 짙은 듯싶다. 밥상을 들여도 채 한 술을 안 뜨고 냄새만 맡다 물린다더니, 이러다 참말 큰일이라도 날 것만 같았다. 두리번두리번 주변을 살펴 가며 말을 늘어놓던 채운의 눈으로 문득 열린 서랍이 들어왔다. 문갑 서랍에서 참빗이 삐죽 나와 있었다.

"저 문갑 속에 참빗이 들었나 보이. 저런 게 내 눈에 띄는 걸 보니 인제 그만 정갈하게 머리 빗고 정신 차려 열심히 공부하라는 뜻 같은데 단우 자네 생각은 어떤가?"

갑자기 풀려 있던 단우의 눈이 쨍하니 빛났다. 단우는 벌떡 일어나 문갑 속에서 직접 참빗을 꺼내 들고 왔다.

"이 참빗은 우리 어머니 것일세. 우리 어머니 머릿결이 참으로 고우셨는데……. 얼마 전에 아버지께서 안방에 있던 어머니 유품을 죄 태웠지 뭔가. 내 겨우 이것 하나만을 챙겼네. 이걸로 머리를 빗어 보니 마치 어머니가 나 어릴 때 안고 빗겨 주시던 느낌이 들었다네."

단우는 말을 맺지 못하고 눈물을 흘렸다.

'과연 돌아간 어머니의 유품이 있었네!'

채운이 속말을 하며 참빗 쪽으로 손을 뻗는 참이었다. 단우가 버럭 화를 내며 친구의 손을 붙들었다. 그 가느다란 팔목에서 나온다고 믿기 어려울 만큼 센 기운이었다.

"내게 아주 소중한 것이라니까! 함부로 만지지 말게."

서운한 마음에 채운이 자리에서 일어섰다. 괜히 싸한 기분에 겁이 나기도 했다. 다시 오겠다며 방을 나서는 채운을 단우는 내다보지도 않았다.

'내일 날이 밝는 대로 설이에게 가서 참빗 이야기를 해야겠어.'

잠자리에 누우면서도 채운은 단우 생각이었다. 걱정스러운 마음에 이젠 낯설기까지 한 친구는 꿈속까지 따라왔다. 부스럼이라도 났는지 얼굴이 잔뜩 상한 단우가 아이를 안고 찾아온 꿈이었다. 이상하게도 채운은 단우를 피해 도망치고 또 도망쳤다. 길고 어두운 골짜기였다. 채운은 꿈속 골짜기를 넘나드느라 연신 몸을 뒤척였다.

이튿날, 아침 일찍 일어난 채운이 서둘러 외출할 채비를 하는 중이었다. 바깥에서 큰 소리가 오가더니 울음소리까지 났다. 무슨 일인가 싶어 나갔더니 노 서방이 일러 주었다.

"지금 관아에서 포졸들이 몰려와 단우 도련님을 잡아갔답니다. 마을 서낭당 지나 뱀골 가는 쪽 우물가에 웬 처자 하나가 빠져 죽었더랍니다. 아마도 나쁜 놈의 해코지를 피하려다 그리된 것 같다고요. 새벽녘에 장지에 갔다 돌아오던 상여꾼들이 그 우물가를 지나오는 단우 도련님을 봤다고 일러 주었답니다. 그래서 포졸들이 와서 단우 도련님을 끌어갔다고요. 아이고, 어쩐대요! 참말로 단우 도련님 인자 큰일 났구먼요."

청천벽력이었다. 입을 다물지 못하는 것은 채운만이 아니었다. 놀란 채운의 부모님은 버선발로 이웃 친구네로 달려갔다. 채운은 우선 방으로 들어가 입던 옷을 마저 입었다.

'처자 하나가 우물에 빠져 죽었다? 게를 지나는 단우를 상여꾼들이 보았다? 포졸들이 단우를 잡아가고?'

채운은 생각을 곱씹으며 방을 나섰다. 댓돌로 내려서는 다리가 휘청거렸지만, 채운은 입술을 꼭 깨물고 신을 신었다. 대문을 나서면서도 채운은 고개를 돌려 단우네 집을 쳐다보지 않으려 애썼다. 지금은 친구가 포졸들에게 끌려 나간 저 대문을 차마 보지 못할 것만 같았다. 채운은 냅다 관아로 달리기 시작했다. 우선 현령인 이숙님께 사정을 해야겠단 생각이었다. 단우는 그런 아이가 아니라고, 무언가 오해가 있음이 틀림없다고 말씀드릴 참이었다.

'허나 그 오해의 증거를 대라 하면 어쩌누!'

대쪽 같은 이숙님 성정에 제 친구를 변명하는 내질 따위를 곱게 봐 줄 리 없었다. 무엇보다 거기를 지나는 단우를 본 사람들까지 있다는데…….

'혹시 단우가 무슨 나쁜 맘을 먹었던 건 혹시라도 아니겠지?'

채운은 굽은 생각을 하다 머리를 세게 털었다.

'그럴 리 없어! 절대 그렇지 않아!'

채운이 아는 단우는 이유 없이는 개미 한 마리도 해하지 않는 인물이었다. 무엇보다 똑같은 상황이 왔을 때 절대 채운을 의심하지 않을 친구였다.

얼굴이 벌게져서 관아에 닿은 채운은 별채로 들었다. 아무래도 설이가 먼저였다.

"관아가 발칵 뒤집혔습니다. 부임한 지 얼마 되지도 않아 사람이 죽는 사건이 났으니, 아버님도 걱정이 크신 듯합니다. 그런데 그 용의자가 하필이면 어제 말씀하신 오라버니의 친구 단우 도련님이라니요? 아주 곤란해졌습니다."

설이는 벌써 단우를 걱정하고 있었다. 채운은 친구의 성정이나 그간의 형편을 전하며 오해가 틀림없다 확신했다.

"참말이야! 그 친구는 그럴 사람이 아니네. 범인이 아니야. 나는 나보다 그 친구를 더 믿는단다."

주먹까지 움켜쥔 채운을 보고 있던 설이가 고개를 끄덕였다.

"단우 도련님은 참으로 좋은 친구 분을 두셨습니다."

다소 민망한 마음에 채운이 서둘러 참빗 이야기를 전했다.

"단우가 참빗을 가지고 있더라. 어머님이 쓰시던 거라는데, 돌아가신 분이 남긴 것은 다 태우고 아마 그것만 남은 듯 하더구나. 그런데 나한테는 만져 보지도 못하게 하지 뭐야. 아주 거칠게 내 손목을 잡아채며 만지지 말라고 하더라. 단우의 그런 모습은 지금까지 본 적이 없어."

"역시!"

설이는 입술을 지그시 깨물었다. 참빗이 문제가 되는 것이냐고 채운이 막 물으려는데, 바깥에서 분이가 일렀다.

"아기씨, 영감마님께서 찾으십니다."

설이가 방을 나서며 말했다.

"오라버니는 단우 도련님의 지난밤 행적을 조사해 보셔요. 사건과 무관함을 증명할 수 있는 어떠한 것이라도 찾아야 합니다. 저는 아버님께 이 사건에 관해 좀 더 여쭈어 보겠습니다. 바삐 움직이셔요! 한시가 급합니다."

채운은 고개를 끄덕이고 벌떡 일어났다.

三.

　단우의 집에 들어서며 채운은 눈을 질끈 감았다. 마음이 복잡하였으나, 지금은 그 마음을 살펴 줄 여유조차 없었다. 이 집 사랑에 아버님이 계시다 들었으나, 채운은 아무 말 없이 단우의 거처인 작은사랑으로 들었다.

　"방금 관차들이 조사를 끝내고 돌아갔습니다."

　개똥 아범이 일러 주는데, 과연 단우의 방이며 마루에 흙 발자국이 낭자했다. 신발이 아니라 버선 자국 같았다.

　"저것은 누구의 것인가?"

　채운이 묻자 개똥 아범이 대답했다.

　"단우 도련님 것입니다. 관차들은 신을 신고 들어서지 않았습니다."

　얼굴에 근심이 그득한 개똥 아범이 머뭇거리다 말을 이었다.

"관차들이 단우 도련님의 몽유병에 대해 물었습니다. 요즘엔 병세가 좀 나아지시는 편이라 둘러대었는데, 새벽이슬을 맞고 돌아오신 단우 도련님의 몰골이 하도 사나워 믿지 않는 눈치였습니다."

채운은 말없이 속으로 되뇌었다.

'어젯밤 단우가 밖에 다녀온 것은 분명하구나! 그렇다면 상여꾼들 여럿이 보았다는 이가 진실로 단우일 수 있겠어.'

개똥 아범이 채운에게 매달렸다.

"채운 도련님, 제발 우리 도련님 좀 구해 주세요. 도련님도 아시겠지만, 우리 단우 도련님이 어디 그런 험한 짓을 하실 분입니까? 어쩌자고 집안에 자꾸 이런 일이 생기는지……."

채운이 그제야 일렀다.

"너무 걱정 마시게. 새로 부임하신 현령님은 강직하고 지혜로운 분이니, 반드시 범인을 찾아 주실 걸세. 나도 힘닿는 대로 도울 것이고."

동무의 방으로 들어서는 채운의 발이 몹시 설었다. 관차들이 소제를 금하여 단우가 잡혀간 그대로라고 했다. 책상 위의 책이며 이부자리, 의걸이장 따위가 흐트러져 있었다. 문갑 앞에 나뒹구는 붓 몇 자루와 진흙투성이 버선 한 짝도 눈에 들어왔다. 무거운 한숨을 내쉬고 채운은 조심스럽게 문갑을 열어 참빗을 찾았다.

'뭐야, 생각보다 조그맣잖아!'

자세히 들여다보니 먼지도 뽀얗고 살도 몇 개나 부러졌다. 이리저리 돌려 보아도 그저 흔하디흔한 참빗이었다. 채운은 낡은 참빗을 손수건에 싸서 방을 나왔다.

상여꾼들이 아직 마을 어귀 주막에 있다는 것을 개똥 아범이 일러 주었다. 한달음에 달려가 보니 상여꾼들은 모여 앉아 한창 술을 마시는 중이었다. 무슨 좋은 일이라고 해도 안 떨어졌는데 저리 떠들어 대는지 채운은 은근히 부아가 났다.

"딱 느낌이 오더라고. 우물가를 지나는데 벌써 기분이 다르더라니까. 무슨 일이 벌어졌구나 싶었지."

관아에 가서 조사를 받고 나오는 길에 사람들에게 이끌려 주막으로 온 상여꾼들은 술기운을 섞어 어젯밤 이야기를 늘어놓는 중이었다. 채운이 주막으로 들어서자, 뭉쳐 있던 사람들이 멈칫거리다 흩어졌다. 신임 현령의 내질이자 단우의 죽마고우인 채운의 행차가 반가울 리 없었다. 상여꾼들도 입을 닫고 술만 들이켰다.

채운이 당차게 물었다.

"자네, 지난밤에 참말로 단우를 보았는가?"

유난히 수염이 삐죽대는 상여꾼 하나가 나서며 대답했다.

"벌써 관아에 가서 다 이야기한 걸 우리가 왜 또 도련님께 말씀드려야 합니까? 정 궁금하시면 현령님께 가서 여쭈어 보시면 되지요. 우리는 본 대로 말한 것밖에는 없습니다. 휘청거리며 우물가 쪽을 지나오는 단우 도련님을 보았다고요. 그것뿐입니다요!"

이어 다른 상여꾼 하나가 혼잣말하듯 일렀다.

"벌써 아침에 잡아들여서 우리한테 확인하라 하시더구먼, 뭘!"

"알았네! 자네들이 단우를 본 것만은 분명하구먼. 허나 단우가 우물가를 지나쳐 온 것만을 보았을 뿐 그 이상은 아무것도 본 것이 없는 게지? 우물가에서 벌어진 흉흉한 일과 단우가 어떤 관련이 있는지 없는지는 알 수 없단 말이지?"

꼿꼿한 채운의 질문에 상여꾼들은 아무 말이 없었다.

"허면 자네들의 증언은 아직 이 사건의 증거는 아니로구먼. 자네들이 새벽녘에 단우를 보았다는 것은 알겠네. 허나 그저 그것뿐, 다른 이야기들을 부풀리지는 말게. 부탁일세!"

채운이 주막을 나서는 동안 아무도 말이 없었다. 주막을 나서서 한참을 걸었는데도 채운의 표정은 어두웠다. 상여꾼들에게는 호기롭게 말하였으나, 아무리 봐도 단우에게 불리한 상황이었다.

'처자에게 불행한 일이 생긴 후에 아무것도 모르는 단우가 몽유병에 시달리며 우물가를 지나쳤다. 그런 단우를 나중에 상여꾼들이 목격했다면 단우의 결백이 입증되지 않을까? 그러나 그 일을 어찌 증명하누!'

채운은 친구들을 불러 모았다. 혹시라도 어젯밤 상여꾼들 말고 다른 목격자가 있는지 찾아보자 싶었다. 소문을 듣고 걱정하던 친구들이 기꺼이 나섰으나, 목격자는 쉬이 나타나지 않았다. 이리저리 도는 이야기들은 많았으나, 하나같이 상여꾼들의 이야기를 듣고 자기들끼리 부풀리거나 꾸며 낸 이야기였다. 밤이 이슥

하도록 근심만 하던 친구들이 돌아갔다.

"정말 큰일이구나! 듣자 하니 내일은 현령이 직접 단우를 심문한다던데……. 평소 같으면 찬찬한 단우를 걱정할 일 없겠으나, 이리 병약해진 단우가 잘 견뎌낼 수 있을지 모르겠다. 우선은 수사가 되어 가는 상황을 지켜보는 수밖에 없을 듯하구나. 채운이 너도 각별히 조심하도록 해라. 절대로 나서는 일이 없어야 한다. 친인척이 공무를 간섭하는 모양새가 되면 현령께 반드시 누를 끼칠 것이야."

작은사랑으로 직접 건너온 아버지는 채운에게 단단히 주의를 주었다. 아까 주막에서 채운이 상여꾼들과 대면한 일을 건네 들은 터라 더욱 걱정이 되었다. 허나 채운은 아버지의 말을 달리 들었다.

'뾰족한 수가 없기는 어른들도 마찬가지라는 이야기로군.'

이불을 펴고 누웠으나, 채운은 오래도록 잠들 줄 몰랐다. 이리저리 뒤척이다 문득 단우 방에서 가져온 참빗이 떠올라 벌떡 일어났다. 우선 먼지라도 털자고 손수건으로 빗살을 문질렀다. 부러진 빗살이야 어쩔 수 없지만, 그래도 먼지들이 떨려 나가니 좀 나은 듯도 싶다.

'아무래도 저 빗을 설이에게 가져가 봐야겠어.'

채운은 창 아래 문갑에 얌전히 참빗을 올려 두고 다시 베개에 머리를 붙였다.

이튿날 해가 중천에 뜨도록 채운은 일어나지 못했다. 따끔할 정도로 환한 볕이 창을 넘어 들어와 눈을 찔러 댈 때까지 그야말로 잠에 빠져 있었다. 며칠이나 잠을 설친 데다 어제의 피곤함이 겹친 탓이었다.

채운을 깨운 것은 관아에서 달려온 돌이였다. 설이가 보낸 심부름이라며 언제 오시겠느냐 묻는 목소리가 아주 우렁찼다. 깜짝 놀라 일어난 채운은 갈한 목소리로 내질렀다.

"금방 가겠다고 전하게!"

채운이 서둘러 세수를 하러 나왔는데, 갑자기 박달나무 이파리가 세숫물로 뚝 떨어졌다. 급한 마음에 얼른 걷어 내고 다시 세수를 하는데, 또 이파리가 떨어졌다. 이번에는 두 장! 역시 걷어 내는데, 갑자기 이상한 생각이 들었다.

'우리 집에는 박달나무라고는 없는데, 어디서 이런 이파리가 자꾸 날아들꼬?'

채운이 거푸 얼굴을 씻는 동안, 또 이파리가 세숫물로 날아들었다. 눈을 감고 얼굴을 문지를 때마다 떨어지니, 대체 어디서 날아드는지 알 수가 없었다. 이번에는 석 장이다! 채운이 세수를 멈추고 이파리를 자세히 살피니, 하나같이 가운데 토막이 한일자로 길게 찢겨 있다. 걷어 낸 이파리까지 한 장 한 장 살펴봐도 역시 한일자로 상처가 나 있는 잎이다.

'참말 희한한 일일세! 박달나무 이파리에 한일자라……'

어찌어찌 세수를 마친 채운이 아침도 거르고 나서는데, 서둘러 신은 태사혜가 뒤집혔다. 얼른 고쳐 신느라 신발을 내려다보니, 그 안에도 이파리가 한 장 들었다. 역시 또 한일자!

'대체 무엇일까? 누가 장난이라도 치는 겐가?'

채운이 주위를 두리번거렸지만, 눈에 띄는 사람은 없었다. 잠시 생각하던 채운은 신발 안에 있던 박달나무 이파리를 품에 넣고 부지런히 집을 나섰다.

곰바위를 지나 대숲으로 질러가면 관아로 가는 지름길이다. 어제도 재게 달려간 이 길을 채운이 부지런히 걸었다. 옥 안에서 심문을 받을 단우를 생각하니 한시도 지체할 수가 없었다. 바로 그때, 누군가 채운을 불러 세웠다. 급히 따라붙는 발소리는 거친 숨소리와 함께였다.

"자, 잠시만 기다려 주십시오."

채운이 뒤를 돌아보니, 얼핏 또래로 뵈는 사내다. 여자처럼 곱상하게 생긴 이 얼굴을 애써 기억해 보았으나, 끝내 떠오르지 않았다.

"뉘신지?"

"그제 우물에서 빠져 죽은 이가 제 언니입니다, 도련님! 우리 언니의 억울한 죽음을 밝힐 수 있도록 도와주셔요."

사내 옷까지 차려입고 채운을 찾아온 처자는 오들오들 떨고 있었다. 친구를 위해 사건의 면면을 알아보고 다니는 채운의 소문을 듣고 물어물어 찾아왔다고 했다.

"우리 언니는 내년 봄 집안끼리 정혼한 도령과 혼인하기로 되어 있었습니다. 워낙 가까이 지냈던 조부님들끼리 태어나지도 않은 아기들을 놓고 약조하셨던 일이었지요. 하여 언니와 그 도련님은 어렸을 때부터 친히 지내고, 또 자연스레 서로를 연모하게 되었답니다. 그런데 그제 밤 어른들 몰래 도련님에게 전갈이 온 것입니다. 마을 어귀에서 기다린다고요. 실은 전에도 종종 이런 일이 있던 터라, 언니는 제게만 살짝 이야기를 해 두고 집을 나섰습니다. 대문을 잠그지 말고 기다려 달라 부탁하고요. 그런데, 그런데……."

울먹거리던 처자는 용케 눈물을 참고 말을 이었다.

"사람을 보내 알아보니 그 도련님은 벌써 열흘 전에 한양 큰아버님 댁에 올라가셨다 합니다. 그간 도련님의 전갈은 늘 칠복이가 전해 온 것으로 아는데, 집 안 어디서도 칠복이를 만날 수 없었고요. 상심이 큰 부모님께도 차마 말씀드리지 못하고 혼자만 알고 있는 이 사실을 도대체 누구에게 말해야 언니의 억울한 죽음을 제대로 밝혀낼 수 있을지 몰라 발만 동동 구르다 왔습니다. 도련님, 부디 도와주세요!"

채운은 머리가 찌릿찌릿했다. 어쩐다! 소리도 안 나오는 혼잣말이 절로 터졌다. 단우가 범인이 아니라는 데만 초점을 두었던지라, 사건의 범인이 누구일까 하는 생각은 전혀 하지 못했다. 그런데 진범을 찾아 달라며 죽은 처자의 자매가 찾아오다니……

"나 또한 친구의 결백을 밝히기 위해 뛰어다니는 중입니다. 억울한 누명이 없어야 하듯 억울한 죽음도 있어서는 아니 될 것입니다. 할 수 있는 최선을 다할 것이니, 낭자는 우선 집으로 돌아가 계시지요."

처자를 달래 돌려보낸 후 채운은 다시 내달리기 시작했다. 관아로 가는 길이 새삼 너무 멀었다. 아침부터 기다리던 설이가 반가이 채운을 맞았다. 채운은 앉기도 전에 대숲에서 만난 처자 이야기부터 전했다.

"정말 어찌 된 일인지 모르겠구나! 도대체 누가 거짓으로 처자를 꾀어낸 걸까? 아무래도 그 칠복이란 놈이 의심스럽지?"

가만 생각하던 설이가 고개를 끄덕였다.

"죽은 처자는 정혼자에게 온 전갈을 의심치 않았습니다. 우선은 칠복이란 사람을 찾아 이야기를 듣는 것이 순서일 듯합니다. 잠시 계십시오. 아버님께 다녀오겠습니다."

설이가 외아로 나간 사이 채운은 분이가 들인 인절미를 먹었다. 연신 서너 개를 삼키고 나서야 옥에 들어앉은 단우가 떠올라 한숨을 쉬었다. 이내 돌아온 설이는 관군들이 곧 칠복이를 데려올 거라 전해 주었다. 그제야 채운이 물었다.

"단우는 어떠하냐? 심문은 잘 받은 게야?"

대답은 않고 설이가 조용히 되물었다.

"오라버니, 혹시 단우 도련님의 참빗에 손을 대셨나요?"

깜짝 놀란 채운이 얼른 참빗을 꺼내 놓았다.

"손을 대다니? 나는 아무 짓도 아니 했다. 그저 단우 방 문갑에서 참빗을 꺼내 가져왔을 뿐인걸. 참빗의 먼지나 좀 털었을 뿐이야. 왜? 무슨 일이 있느냐? 단우가 잘못되기라도 했어?"

설이는 참빗을 손에 들고 세세히 살피며 일렀다.

"아닙니다. 일이 있는 것이 아니라, 단우 도련님이 좀 나아지신 듯하여 여쭙는 거예요. 옥에 갇힐 때만 해도 아주 불안해 보인다 들었는데, 어젯밤에는 주무시기도 하시고, 오늘 아침엔 곡기까지 입에 대셨다 들었어요. 심문에서는 그저께 밤부터 새벽 사이의 일을 전혀 기억 못 하신다 하셨답니다."

그제야 마음을 놓으며 채운이 넋두리를 늘어놓았다.

"사실은 어제 단우 방에서 이 참빗을 싸 들고 너에게 달려올까 하다가, 상여꾼이며 친구들을 만나느라 시간을 썼지 뭐냐. 혹시라도 다른 목격자들이 있을까 이리저리 알아본 게지. 별 소득도 없었는데, 그 일들이 힘에 부쳤는지 오늘 아침에 늦잠까지 자고 말았단다. 참빗을 창 아래 문갑에 올려둔 채 해가 중천에 뜨도록 잠을 잤어. 단우가 알면 어찌 그리 무심하냐 했을 것이다."

그때 설이의 눈이 빛났다.

"창 아래 문갑이면 이 빗살에 햇살이 촘촘히 들었겠네요. 해가 중천에 뜰 때까지 햇살이 오래오래 빗살에 앉았겠지요. 단우 도련님은 친구의 고마운 늦잠을 평생 기억하셔야 할걸요. 잘하셨습니다, 오라버니! 참말 잘하셨어요!"

당최 무슨 소리인지 알 수가 없어 채운은 고개를 저었다. 그래도 한시름 놓이는 게 아닐까 싶어 다시 인절미를 집어 들었다. 진범이 따로 있음이 분명하고, 조사를 할 만한 용의자까지 생겼다. 무엇보다 단우가 조금이나마 나아진 것 같다니 참말 반가운 일이었다.

수정과까지 말끔하게 비우는 채운을 기다렸다 설이가 물었다.

"오라버니, 그런데 이 나뭇잎은 무엇입니까? 아까 참빗을 꺼내실 때 딸려 나왔습니다."

설이는 방바닥에 떨어진 박달나무 이파리를 내려다보고 있었다.

"그러게 참 희한하더라고. 아침에 박달나무 이파리가 세숫물로 날아들더라. 집어내 버려도 다시 떨어지고 다시 떨어지지 뭐냐.

더 이상한 건 이파리가 하나같이 한일자가 쓰인 것처럼 찢어져 있는 것이란다. 우연이라고 보기엔 너무나 선명하게 똑같이 새겨진 터라 수상한 생각마저 들더구나. 그래 한 장 가져왔지."

박달나무 이파리를 건네받아 살피는 설이를 보며 단우가 혼잣말처럼 일렀다.

"옥에서 단우는 무얼 하고 있을까?"

설이가 고개를 들었다.

"오라버니, 옥에 가 보셔요. 안 그래도 제가 아버님께 말씀 드려놓았습니다."

발딱 일어선 채운은 서둘러 방을 나섰다. 관아 뒤편 옥사로 가는 길은 돌이가 안내해 주었다. 형틀을 찬 죄수들이 있는 방을 지나려니 가슴이 쿵쿵 뛰었다. 옥 안에 든 단우는 생각보다 침착했다.

"아무것도 기억나는 것이 없으니 나도 답답하네."

여린 단우의 목소리에 채운이 툭툭하게 일렀다.

"빨리 진범을 찾아낼 테니 걱정 말게. 내가 꼭 그리할 것이야."

단우가 피식 웃었다.

"고마우이! 내 여기서 자네가 잡아오는 진범과 대면할 일을 기다리고 있겠네."

그저 농으로 들리는 것일까? 황망히 들어앉은 옥에서 희망 따위 벌써 놓아 버린 것일까? 채운은 더 할 말을 찾지 못하고 한참 옥문만 붙들고 섰다 돌아왔다. 단우도 별말이 없었다.

　다음날 관아로 달려간 채운은 놀라 입을 다물지 못했다.

　"아무래도 범인의 소행 같습니다. 입을 다물게 하려고 칠복이를 해한 듯합니다."

　칠복이는 사경을 헤매는 중이었다. 미림산 낭떠러지에서 떨어진 것을 심마니 하나가 발견하였고, 군관이 찾는 사람이라는 것을 알게 된 심마니의 아들이 신고를 하였단다.

　"자상이 있었다고 하니 실족은 아닐 겝니다. 죽은 처자를 꾀어내는 데 칠복이를 이용한 범인이 입막음하려 벌인 짓이 아닐지……"

　채운은 거푸 이야기를 전하는 설이를 그저 바라만 볼 뿐이었다. 좀 풀리나 했더니 사건이 다시 멋대로 꼬이는 중이었다. 도대체 누가 이리 독한 짓을 하는 것일까?

　"오라버니, 오늘도 그것을 가져오셨네요?"

설이가 물을 때까지 채운은 제 소맷자락에 나뭇잎이 매달린 줄도 모르고 있었다. 한일자가 쓰인 듯 가운데가 찢어진 나뭇잎. 설이가 이파리를 매만지며 다시 물었다.

"오라버니, 참말로 따로 짚이는 일이 없으십니까?"

채운이 고개를 갸웃하며 답했다.

"아무리 생각해 봐도 잘 모르겠구나. 한두 번이 아니니 무슨 통지 같기도 한데, 내 근처엔 아무도 없었는걸. 무엇보다 우리 집 주변엔 박달나무라고는 없단 말이다. 대체 어제부터 이 나뭇잎이 왜 내게 자꾸만⋯⋯."

채운의 말을 자르고 설이가 소리쳤다.

"있습니다. 박달나무가 있어요, 오라버니!"

눈이 동그래진 채운에게 설이가 일렀다.

"이 참빗이요. 이 참빗이 바로 박달나무로 만든 것 아닙니까? 오라버니 말씀이 맞았습니다. 통지가 맞아요."

"그게 무슨 말이냐?"

입을 오므리고 생각을 모으던 설이가 다시 소리쳤다.

"단일엽!"

느닷없는 외침에 채운이 눈만 끔벅이고 있는 사이, 설이가 벌떡 일어나 밖으로 나섰다.

"오라버니, 아버님께 다녀와야겠습니다. 조금만 기다려 주셔요. 아직은 돌아가시면 아니 됩니다."

대뜸 방 안에 홀로 남겨진 채운은 황당했다. 설이의 말은 도통 종잡을 수가 없었다. 어려서부터 영특함이 지나쳐 외려 걱정이라는 소리까지 듣고 자란 이종사촌이었다. 그렇다고 해도 저리 해괴한 말을 던져 놓고 사라져 버리니 채운은 궁금해 죽을 지경이었다.

'함께 갈 걸 그랬나?'

그러나 너무 나서지 말라는 아버지 말씀은 허투루 한 말씀이 아니었다. 아버님은 이번 일로 관아에 드나드는 것마저 삼가고 계셨다. 채운은 참빗을 만지작거리며 초조하게 설이를 기다렸다. 참으로 더디게 시간이 흘렀다.

"오라버니, 다녀왔습니다."

채운이 더는 못 참고 막 나가 보려던 참에 설이가 방으로 들었다.

"대체 어찌 된 게야? 내게 설명을 좀 해다오."

채운이 다그치는데도 설이는 저를 나무라는 일이 먼저였다.

"좀 더 빨리 알아챘어야 했는데 실수였습니다. 빨리 손을 썼더라면 칠복이란 사람을 구할 수 있었을지도 모를 일입니다. 이리 중요한 단서를 가벼이 넘기다니……."

한숨을 내쉬는 채운에게 설이가 일렀다.

"범인은 죽은 처자와 그 정인의 형편을 잘 알고 있었습니다. 사람들의 눈을 피해 종종 만나왔고 칠복이가 그 연락을 맡았다는 것까지 알았지요."

채운이 고개를 갸웃거리기만 하자 설이가 다시 물었다.

"동생 말에 따르면 죽은 처자마저도 정혼자인 도령이 한양에 올라간 사실을 몰랐다고 했습니다. 허나 범인은 도령이 한양에 간 사실을 알고 있었지요. 채운 오라버니라면 어떠했을까요? 한 번 생각해 보셔요. 만약 오라버니가 정혼한 처자를 사람들 눈을 피해 가며 종종 만나왔다면, 그 사실을 알고도 눈감아 주며 외려 도와줄 만한 사람이 누구일까요? 그 하인들까지 허물없이 대하여 이용할 수 있는 그런 사람은 대체 누구일까요?"

한참 이마를 찌푸리던 채운의 머릿속에 떠오르는 이는 단 하나였다.

"단우!"

채운의 입에서 나온 소리를 듣고 설이는 고개를 끄덕였다.

"제 생각도 그러합니다. 한양에 올라갔다던 그 도령의 친구 중에, 그것도 아주 친한 친구 중에 우리가 찾는 사람이 있을 것입니다. 그는 아마도 단일엽이란 이름을 지녔을 것이고요. 박달나무 단, 한 일, 이파리 엽, 답일엽입니다. 박달나무 이파리 가운데 한 일자가 표시되었다면, 그리 불리는 이름이 맞지 않겠습니까? 죽은 처자와 정혼했던 도령의 친구나 주변 사람들 중에 저 이름을 가진 사람이 있는지 불러다 조사를 해 보시라고 아버님께 말씀드렸습니다. 곧 소식이 올 것입니다."

채운이 깜짝 놀라 물었다.

"너는 대체 어찌 그런 생각을……. 만약 그런 사람이 없다면 어찌할 테냐?"

설이는 잠시 생각하다 답했다.

"아마도 있을 것입니다. 오라버니 말씀대로 희한한 이파리가 이리 떨어진 데에는 누군가 오라버니에게 전할 뜻이 있기 때문입니다. 오라버니가 간절히 바라고 원하는 것을 얼른 취하기 바라는 누군가가 오라버니께 전한 것이지요."

"내가 간절히 바라고 원하는 것? 단우가 어서 집으로 돌아오는 것 말이냐? 그렇다면 대체 누가 범인도 안다면서 직접 말을 않고 내게 이 희한한 이파리를 보냈다는 게냐?"

설이는 채운의 눈을 똑바로 바라보며 되물었다.

"단우 도련님이 어서 집으로 돌아오기를 바라는 또 한 분, 그분이 누구시겠습니까? 오라버니보다 더욱 간절하게 단우 도련님의 안부를 걱정하시는 그분이요. 오라버니께서 바로 그분의 물건을 댁으로 모셔 오지 않았습니까? 먼지도 털고 따뜻한 햇볕도 넉넉히 부어 정갈하게 대접해 주셨잖아요."

참빗을 만졌던 손이 불에 덴 듯 뜨겁게 느껴져 채운은 얼른 제 손을 마주 잡았다. 다른 한쪽 손마저 뜨거운 듯했다. 채운은 나직이 또 물었다.

"참빗에 단우 어머님의 영이 씐 게야?"

설이는 고개를 저었다.

"아닙니다. 아마도 참빗에 씐 것은 어머님의 영이 아니라 단우 도련님의 미련일 것입니다. 어머님을 저세상으로 보내드리지 않겠다는 고집이요. 아무리 가슴 아픈 일이라도 순리를 거스르는 매달림은 해로운 것을 불러들이고 달라붙게 하는 법입니다. 그동안 단우 도련님을 괴롭히던 사악한 것들은 바로 이 참빗에서 힘을 얻었을 겝니다. 헌데 어제 오라버니가 이 참빗을 데려다 맑고 순한 기운을 터 주셨으니, 단우 도련님의 어머님이 쓰실 만한 물건이 되었던 게지요. 박달나무 이파리는 아마도 그리 오라버니께 전달되었을 것입니다."

더는 뜨겁지 않은 손 대신 가슴이 뜨거워진 채운이 고개를 끄덕였다. 그 사이 가는 한숨 소리에 섞여 설이 목소리가 들려왔다.

"저 역시 그러했답니다. 돌아가신 어머니를 보내드리지 못한다며 매달리고 고집을 피웠지요. 바로 그것이 나를 해할 악한 것들의 통로가 됨을 알지 못했습니다. 돌아가신 어머니는 돌아가야 할 곳에 평온히 가 계시다는 것을 아주 나중에야 깨달았습니다."

채운이 측은한 눈빛으로 설이를 보고 있는데, 바깥에서 돌이가 일렀다.

"아기씨! 외아에서 단일엽이란 사람을 잡아 왔다면서 일러 드리랍니다. 도령의 친구라고만 말씀드리면 아실 거라면서요."

채운과 마주친 눈 그대로 설이가 대답했다.

"그래, 알았다."

六.

단우와 채운이 집으로 돌아간 것은 해가 진 다음이었다. 분이
가 일러 주었다.

"관아에서 내준 가마는 그렇다 쳐도 도련님 댁에서 보내온 가
마까지 사양하고 그냥 돌려보냈지 뭡니까? 두 도련님이 함께 걸
어간다며 그냥 가셨습니다."

고개만 끄덕이던 설이가 한참을 있다 물었다.

"분이 너도 가끔 어머니가 생각나고 그립고 그러하냐?"

"그럼요. 마님이 저한테 얼마나 잘해 주……"

겁이 난 분이가 입을 닫았다. 친정으로 다시 조리를 왔던 영이
아기씨가 큰일을 낸 후 안방마님은 시름시름 앓다 눈을 감았다.
한 해에 두 차례나 초상을 치르면서, 흉흉히 가라앉던 집안은 불
덩이처럼 열이 오르며 앓아누운 설이 아기씨가 회복하며 겨우 진

정되었다. 근 1년이 넘게 설이의 간병을 도맡았던 분이가 겁을 낼
만도 했다. 분이의 마음이 고스란히 건너오자 설이가 차분히 일
렀다.

"그래. 어머니는 너도 꼭 나만큼 예뻐라 하셨지. 하여 어릴 땐
내가 너를 조금 미워하였단다. 너도 알지?"

"아이, 아기씨도……."

새록새록 지난 추억이 떠올라 설이도 분이도 한껏 마음이 따뜻
해졌다.

"명절에 새 빔을 똑같이 지어 주실 때도 많았지."

"단옷날엔 아기씨 거랑 제 거랑, 그네를 두 개나 매어 주셨잖아
요. 안채 은행나무에요."

"너만 똥떡 해 준다고 내가 얼마나 떼를 쓰고 울었는지……."

"아유, 아기씨! 그 얘긴 하지 마셔요. 그때 똥통에 빠졌던 거 생
각하면 지금도…… 어휴!"

분이의 너스레에 한참을 웃던 설이가 일렀다.

"분아, 내가 말했지? 내 앓아누운 동안 오직 네 소리만 귀에 들
어왔다고. 아버님의 목소리도 이모님의 목소리도 아니고, 오직
네 목소리만 들렸지. 네가 읽어 주던 그 책의 이야기들이 나를 다
시 일어나게 하였단다. 어찌 그리 대견한 생각을 했누?"

"그것은 안방마님이 밤마다 저희한테 읽어 주신 것이니까요.
반드시 기억하실 거라 믿었지요."

조금 주저하던 분이가 설이에게 물었다.

"아기씨, 혹시라도 마음 상해하실까 묻지 못했던 것을 이제야 여쭙니다. 아기씨께서 깨어나시던 그 날, 어찌하여 제게 마님의 비녀를 그 책 안에 넣어 두라 하셨는지요?"

살짝 젖은 목소리로 설이가 일렀다.

"맑고 환한 말씀에 얹어 두고 싶어 그랬지."

고개를 끄덕이던 분이가 다락을 열고 서책 한 권을 빼내 왔다. 필사부터 제본까지 정성을 들인 것도 모자라 까만 비단 책의(冊衣)까지 입힌 귀한 책. 서책을 마주하고 환히 웃던 설이와 분이는 나란히 엎드려 사이좋게 책장을 넘기며 읊었다.

"만물이 스스로 나지 못하느니라. 이 내신 이를⋯⋯."

맑고 또랑또랑한 울림이 정겹게 구르는 밤.

달이 낮은 봄밤이었다.

규방 탐정록

ⓒ 유영소, 2015

초판 1쇄 인쇄 2015년 4월 8일 | 초판 1쇄 발행 2015년 4월 17일
펴낸이 박종암 | 펴낸곳 도서출판 르네상스 | 출판등록 제313-2010-270호
주소 서울시 마포구 동교로17안길 11 2층 | 전화 02-334-2751 | 팩스 02-338-2672
전자우편 rene411@naver.com
ISBN 978-89-90828-71-2 43810

이 도서의 국립중앙도서관 출판시도서목록(CIP)은 e-CIP 홈페이지(www.nl.go.kr/ecip)와
국가자료공동목록시스템(www.nl.go.kr/kolisnet)에서 이용하실 수 있습니다.
(CIP제어번호 : CIP2015010372)